SINISTER LIES

Alejandro Marello

dizzyemupublishing.com

DIZZY EMU PUBLISHING

1714 N McCadden Place, Hollywood, Los Angeles 90028

dizzyemupublishing.com

Sinister Lies
Alejandro Marello

First published in the United States
in 2022 by Dizzy Emu Publishing

dizzyemupublishing.com

SINISTER LIES

Alejandro Marello

twitter.com/sinister__lies
www.instagram.com/sinisterlies2022/
alejandro.marello@gmail.com

1   INTERIOR. PASILLO. DIA

       Una mujer de tacos altos (40 años), está caminando
       apresurada por el pasillo en medio de todas las oficinas del
       lugar.

       Al final del recorrido se encuentra la oficina principal.
       La puerta permanece cerrada. Golpea, y abre la misma de par
       en par e ingresa.

2   INTERIOR. OFICINA. DIA

       Detrás del escritorio, se encuentra de espalda mirando por
       la ventana hacia afuera mientras habla por celular, "EL
       JEFE. (58 años) Canoso, alto, vestido elegantemente de
       traje.
       ESCUCHA EL RUIDO DE LA PUERTA ABRIRSE, sorprendido da media
       vuelta para observar.
       LA MUJER DE TACOS, deposita sobre el escritorio una carpeta.
       El jefe observa que en la tapa de la carpeta figura el
       nombre "Eider"

                           MUJER DE TACOS
                    Los resultados solicitados.

3   INTERIOR. UNIVERSIDAD OXFORD UK. DIA

       Se puede ver la mano de una mujer joven cerrando fuerte su
       locker en la facultad. En la puerta del locker está escrito
       su nombre. Eider.

       EIDER (24 años) pelo castaño claro, de altura promedio.
       Junto a ella se encuentra su AMIGA.

       Empiezan a caminar por los pasillos del interior de la
       facultad.
       Podemos ver que algunas personas que transitan por el lugar
       llevan barbijos en sus rostros. Eider y su amiga lo llevan
       en sus manos.

                           AMIGA
                    ¡¿Que es ese golpe?! Estás nerviosa
                    o ansiosa por el examen final de
                    hoy

                           EIDER
                    No creo aprobar

                           AMIGA
                    No sé de qué te quejas, si nunca
                    has desaprobado ninguna materia

                                              (CONTINÚA)

                    EIDER
          Por eso mismo. No quiero que me
          pase eso justo en estas últimas dos
          materias que me faltan para
          recibirme

                    AMIGA
          Ella siempre perfecta. cuando te
          relajas?!

                    EIDER
          Nunca

Al llegar a la puerta del aula, Eider se despide de su
amiga.

                    AMIGA
          Vas a aprobar, no te preocupes más.
          Y si no apruebas me pasas el
          WhatsApp de Murdock.

Ambas ríen.

Eider entra al aula. Su amiga sigue de largo.

4   INTERIOR. AULA.DIA

EIDER camina hacia el fondo del aula. Mientras camina
mira a MURDOCK, morocho (32 años).

Eider se encuentra próxima a él.

                    MURDOCK
                  (sonriendo)

          Hola. Siéntate al lado mío para
          rendir, así me traes suerte.
          quieres?!

Eider ríe tímidamente, acepta y se sienta al lado. se
acomoda en la silla con sus cosas,y envía mensaje WhatsApp a
su amiga.

Se puede ver que el mensaje dice "Adivina al lado de quien
me senté por pedido de El para aprobar...

Por la puerta del aula ingresa el profesor. Gordo, pelado y
de traje.(70 años)

Ingresa con su portafolio que pone arriba de su escritorio.
Se quita el barbijo.

Eider recibe respuesta de su amiga.

Podemos ver que la respuesta en su celular dice "ahora si tienes presión"

5   EXTERIOR. ESCALERAS. DIA

Subiendo por la escalera principal para ingresar a la universidad, camina la MUJER DE TACOS, junto con dos hombres vestido de traje a su costado

6   INTERIOR. AULA. MINUTOS MÁS TARDE

Ya empezado el examen. silencio y concentración en toda el aula.

MURDOCK espía de reojo la velocidad y rapidez sin dudar, con la que EIDER realiza el examen. Su mano se mueve a toda prisa.

De repente de forma abrupta, e imprevista abriendo la puerta y golpeándola con fuerza contra la pared, ingresa la MUJER DE TACOS al aula.

Ingresa por la puerta provocando la mirada y sorpresa de todo el alumnado.

Los dos hombres que la acompañaban se quedan en la puerta sin entrar.

                    MURDOCK
          (susurrando voz baja)

          Que carajo

                    PROFESOR
          Disculpe. ¡¿Quién es usted?!

La mujer de tacos prosigue su camino haciendo oídos sordos. Al llegar al escritorio del profesor con su mano izquierda tira todo lo que estaba arriba del escritorio y coloca un portafolio arriba. saca una pistola.

El profesor queda estupefacto.

La mujer de tacos camina hacia el fondo del aula ante la mirada de asombro y temor de los presentes.

Comienza a disparar hacia la ventana que da al jardín. Tira al vacío sin herir ni matar a nadie. Se oyen gritos. Los alumnos temerosos se esconden detrás de sus asientos.

La pistola se queda sin balas. La mujer de tacos se queda quieta unos instantes sin moverse.

                              (CONTINÚA)

CONTINÚA: 4.

Vuelve hacia el escritorio.

Guarda su arma adentro del portafolio y lo recoge. Comienza
a caminar hacia la salida del aula.

La mujer de tacos camina sin levantar la vista del piso y se
va ante el desconcierto de los presentes.

7   INTERIOR. CASA/LIVING. NOCHE

         EN LA CIUDAD DE REIMS-FRANCIA

         LA MADRE de Eider camina con el plato en la mano
         dirigiéndose a la mesa para sentarse a cenar.

         Se escucha detrás el audio del televisor con la noticia de
         lo sucedido en la universidad de Oxford.

         La madre voltea a subir el volumen con el control

8   INTERIOR. HABITACIÓN. NOCHE

         Suena el celular de EIDER. Ella atiende

                         EIDER
                    Hola, mamá

                         MADRE (OFF)
                    ¡¿Por el amor de Dios, como estas?!

                         EIDER
                    Bien, es de no creer. Cada vez la
                    gente está más loca.

                                   CROSS CUTTING EIDER/MADRE

                         MADRE
                    Que Paso. ¡¿Estas bien?!

                         EIDER
                    Si. me estoy armando las valijas
                    para volverme por 10 días para
                    allí, hasta que terminen acá.

                         MADRE
                    ¡¿Que terminen con qué?!

                         EIDER
                    Después de lo que paso, la policía
                    tiene que realizar una
                    investigación y decidieron cerrar
                    la universidad por 10 días.

                                                 (CONTINÚA)

          La policía nos pidió declaraciones
          y redactar en una hoja lo más
          detallado y preciso posible lo
          ocurrido.

9   INTERIOR. CASA/DORMITORIO. NOCHE

         LA MUJER DE TACOS sentada en el escritorio frente a su
         computadora, Envía los resultados obtenidos de EIDER.

         En el cuerpo del mail se puede ver que detalla. "Te lo
         dije... nunca visto"

10   INTERIOR. BAR/PUB. NOCHE

         Sentado en la silla sobre la barra recibe EL JEFE en su
         iPhone mientras toma una cerveza, el mail enviado por la
         mujer de tacos.

         Los ojos desorbitados y su cara de sorpresa no pueden creer
         los resultados obtenidos que está leyendo. Deja la cerveza
         sobre la barra para contestar el mail.

         Podemos observar que el mail dice

         "ok, puede que este ya muy ebrio, pero si esto que leo es
         verdad, hay que ir cuanto antes a Reims"

11   EXTERIOR. DOVER/UK. NOCHE

         CIUDAD COSTERA DEL CONDADO DE KENT

         EIDER mira el reloj que se encuentra en el puerto. Son la 1
         am. se encuentra a punto de zarpar.

         Eider hace el check in

                         EIDER
               Cuanto demora en cruzar el canal de
               la mancha

                         VENTA AL PÚBLICO
               Un poco más de 90 minutos

                         EIDER
               Solo para asegurarme...va hacia
               Calais Francia, ¿verdad?!

                         VENTA AL PÚBLICO
          Así es.

                         EIDER
          Gracias

MONTAGE - VARIOUS

A) EXT.RENTA DE AUTOS/ CALAIS-FRANCIA.NOCHE - EIDER renta un
automóvil

B) INT.AUTO. MINUTOS DESPUÉS - EIDER maneja. Pasa por un
cartel de tránsito que señala A26 280.1 km a Reims

C)EXT. REIMS/FRENTE DE LA CASA. AMANECER- EIDER estaciona en
la calle el auto y empieza a descargar el equipaje y demás
cosas. LA MADRE sale a su encuentro a saludarla.

END OF MONTAGE

12   EXTERIOR.   CATEDRAL DE NOTRE-DAME DE REIMS-DIA

      Eider camina por el centro de la ciudad. Se encuentra frente
      a la catedral de notre-dame.

      Se topa inesperadamente con MURDOCK.

                         EIDER
          Murdock?!

                         MURDOCK
          Eider.... que grata sorpresa. ¡¿Qué
          haces aquí?!

                         EIDER
          Soy de aquí. ¡¿Nací aquí...que
          haces tu aquí?!

                         MURDOCK
          Nunca me hubiese imaginado poder
          encontrarte aquí.

                         EIDER
               (ríe)
          Aproveche estos 10 días que nos
          dieron, para venir a mi pueblo

                         MURDOCK
          Llegue en avión ayer a parís y el
          próximo avión que debo tomar sale
          mañana. así que aproveche la hora
          que separa esta hermosa ciudad de
          París para venir a conocerla.

                                                    (CONTINÚA)

Eider señala la catedral.

                    EIDER
          Es increíble.

                    MURDOCK
          Si, lo sé. Es la estrella principal
          de la ciudad, por eso vine acá,
          está repleto de turistas. Me la han
          recomendado

                    EIDER
          Su construcción comenzó con el
          motivo de construir un monumento
          que correspondiera con la
          importancia del evento que se iba a
          suceder.

                    MURDOCK
          ¡¿Y cuál sería ese suceso?!

                    EIDER
          ¡La coronación de todos los reyes
          de Francia!

                    MURDOCK
          WOW! Para que necesito guía
          turística.

                    EIDER
          Es el símbolo de esta hermosa
          ciudad.

Empiezan a caminar, bajo los árboles y el verde que rodea el
lugar de la catedral.

                    EIDER (CONT´D)
                    (ríe)

          Reims es hermosa, es una ciudad con
          alma de pueblo.

                    MURDOCK
          ¡¿La principal atracción de aquí
          son las bodegas?!

                    EIDER
          Así es. De hecho, tienes que
          conocer la Avenida del champagne.

                    MURDOCK
          ¡¿Queda muy lejos?!

                                        (CONTINÚA)

                        EIDER
            Claro que no. es en Epernay. Es la
            avenida más cara del mundo, porque
            debajo están las cabas con sus
            botellas bien guardadas. La
            industria del champagne genera
            17000 puestos de trabajo dejando
            unos 4.5 billones de euros anuales.

                        MURDOCK
            interesante que sepas de champagne

                        EIDER
            Nacida en la ciudad del champagne,
            es difícil no saber de ello. Los
            campos que están alrededor de aquí
            son unas 34 mil hectáreas y se
            producen 400 millones de botellas
            al año. aquí de una manera u otra
            todo se relaciona.

            Ven, te llevare a la bodega de mi
            familia.

                        MURDOCK
            ¡¿Tu familia tiene una?!

                        EIDER
            Así es

                        MURDOCK
            Con razón puedes costearte los
            costos de la universidad

13   INTERIOR. AUTO. DIA

        EIDER conduce hacia la bodega.

                        MURDOCK
            ¿Todos los meses, se venden la
            misma cantidad de botellas de
            Champagne?

                        EIDER
            No. solamente para festejar la
            llegada del Año Nuevo, se beben en
            todo el mundo 360 millones de copas
            de champagne

                        MURDOCK
            Impresionante. sabes todo acerca
            del Champagne?! Te falta saber
                        (MÁS)   (CONTINÚA)

                    MURDOCK (continúa)
hasta cuantas burbujas tiene cada
botella y...

                    EIDER
A decir verdad, hay más de siete
millones de burbujas en cada
botella, un millón en cada copa.

                    MURDOCK
                    (entre risas)

Me imagino a ti contándolas, una
por una

14   INTERIOR. BODEGA . DIA

EIDER y MURDOCK, ingresan a la bodega.

                    EIDER
ven, baja por aquí

Bajan por una estrecha escalera hasta encontrarse con una
red de bodegas

                    MURDOCK
¿cuantos metros bajo tierra
estamos?

                    EIDER
unos 20 metros. En el siglo IV, los
romanos cavaron las bodegas debajo
de Reims para obtener tiza, que se
utilizó, para la construcción de
los edificios. En estos días hay
más de 250 km de estás bodegas

                    MURDOCK
Imagino que muchas servirán para
mantener el champagne a temperatura
ambiente

                    EIDER
imaginas bien.

Situados, en el interior de la bodega, Eider prepara una
pequeña degustación para Murdock, que se encuentra de
espalda a ella.

Eider se da media vuelta y le alcanza una copa a Murdock

                    MURDOCK
          Este es la bebida de la felicidad,
          y de la amistad.

Eider vuelve a girar para termina de servir su copa y dejar
la botella dentro de la cubeta con hielo.

Caminan unos metros

                    EIDER
          Hay tres cosas importantes para
          hacer un champagne. El tiempo, la
          calidad

                    MURDOCK
          y la tercera

                    EIDER
          Es secreto

Al momento de brindar, Murdock hace una pausa y se dirige a
unos 10 metros a espaldas de Eider, donde se encuentra la
cubeta con hielo y la botella de champagne.

                    EIDER (CONT´D)
          ¿Qué haces?!

                    MURDOCK
          Ponerle hielo a la copa de
          champagne

                    EIDER
                 (extrañada)

          ¡¿Hielo?!

                    MUERDOCK
          Si, es la nueva moda para tomar
          champagne, ¡¿no lo sabías?!

                    EIDER
                 (ríe tímidamente)

          No.

                    MURDOCK
          Al fin hay algo que no sabes sobre
          el champagne.

                    EIDER
          Tradicionalmente, en los lugares
          más finos y exclusivos, se
          acostumbro a brindar con champagne.
                    (MÁS)   (CONTINÚA)

                         EIDER (continúa)
                    También De manera tradicional y
                    casi obligatoria se enfría la
                    botella en una cubeta con hielo.
                    observar millones de burbujas en
                    su ascenso hacia la superficie, de
                    una forma elegante... ¿pero hielo
                    en la copa?! no me parece

Eider no puede ver que es lo que hace. Murdock tapa la
acción con su cuerpo.

Habla de espalda mientras sirve su copa de champagne con
hielo.

                         MURDOCK
                    Veremos si resiste en intensidad y
                    burbujas pese al hielo. ¡¿Quieres
                    probar?!

                         EIDER
                    ¿Porque no?!

Murdock se acerca con las dos copas con hielo y brindan.

Murdock toma de un solo sorbo todo el champagne de la copa,
Ante la mirada de Eider, deja dentro de la copa solamente
los cubitos de hielo y ni una sola gota de champagne.

                         EIDER
                    Tienes que disfrutarlo. es el
                    placer de la bebida en la ciudad de
                    los reyes. Por eso la toman los
                    ricos.

                         MURDOCK
                    ¡¿Por qué?! porque la tomaban los
                    reyes?!

                         EIDER
                         (rie)
                    No. Porque es la bebida alcohólica
                    que menos calorías tiene y menos
                    engorda.

Eider toma su copa de champagne y bebe a sorbos

                         MURDOCK
                    ¡¿Dónde te gustaría vivir?! Tienes
                    pensado venir aquí, o continuar en
                    Londres.

Eider coquetea con su pelo y con el dedo toca sutilmente la
base de copa de champagne

                                                  (CONTINÚA)

                         EIDER
              Sabes, Todavía no lo tengo tan
              claro.

Poco a poco Murdock se empieza a acercar a EIDER

                         MURDOCK
              Puedes que te enamores de alguien y
              ayude a responder esa
              pregunta.   (beat)

              No te he preguntado aún. ¡¿Estás
              sola?!

                         EIDER
              Todavía no he conocido a la persona
              correcta

                         MURDOCK
              Qué respuesta tan amplia

Eider prueba otro sorbo de su copa de champagne

                         MURDOCK(CONT´D)
              Tardas mucho en tomar tu copa de
              champagne. los cubos de hielo ya
              están casi derretidos.

Eider y Murdock se encuentran cada vez más cerca el uno del
uno

                         EIDER
              ¡¿Y tú?! soltero?!

                         MURDOCK
              Mi carrera es algo que me apasiona,
              y me he concentrado solo en ellos.

                         EIDER
              Esa también es una respuesta muy
              amplia

Eider prueba otro sorbo de su copa

                         EIDER (CONT´D)
              La espontaneidad es lo primero que
              me atrae

                         MURDOCK
              ¡¿Como ponerle hielo a la copa de
              champagne?!

                                              (CONTINÚA)

Eider sonríe sonrojada, ambos dos se encuentran muy cerca el uno del otro. Murdock la empieza a tomar por la cintura. De repente Eider tiende a tratar de sostenerse en Murdock. Se siente mareada

Ante la mirada de asombro y preocupación de él, Eider se desploma en el piso, perdiendo conciencia.

15   INTERIOR. EDIFICIO. DIA

Sentada en una silla, EIDER está volviendo sobre sí misma. No reconoce el lugar. Apenas una luz amarilla que se asoma desde el fondo. tiene poca fuerza al hablar.

                    EIDER
              ¿Dónde estoy?!

Eider no logra ver bien aún. se está despertando

                    EIDER(CONT´D)
              ¿Murdock?!

Aún mareada, sin entender dónde está y que le paso, Eider observa de manera borrosa.

SE ESCUCHA EL RUIDO DE ZAPATOS CON TACOS CAMINANDO.

Pasa caminando LA MUJER DE TACOS frente a Eider

                    EIDER
                 (sin fueza)
              Ahh

              (beat)
              No me hagas nada

Trata de ponerse de pie aún sintiéndose mal y no habiendo recobrado toda su fuerza.

                    EIDER(CONT´D)
              Te reconozco. Sos la mujer que
              interrumpió mientras hacíamos el
              examen. ¡¿A mí era a quien le
              hablabas?! ¡¿A mi te dirigías?!

La mujer de tacos se detiene, La mira fijamente y sigue caminando.

                    EIDER
              Sos vos. Te reconozco, tu cara...

              (beat)
                 (MÁS)   (CONTINÚA)

                         EIDER (continúa)
          Tu forma de caminar. Utilizaste los
          mismos zapatos que tienes ahora. El
          mismo perfume que dejaste cuando
          ingresaste

                         MUJER DE TACOS
          Es por eso por lo que estás aquí.
          por tu grado de detalle
          extraordinario y por tu memoria.
          créeme. nos has impresionado.

                         EIDER
          No sé de qué habla. ¿Dónde estoy?

Se encienden las luces blancas desde el techo y se pueden
visualizar 3 personas. 3 hombres más en la sala que están
con la mujer de tacos

                         MUJER DE TACOS
          ¿Como puede ser que siendo local en
          tu ciudad no sepas dónde estás?
          Estamos donde el Gral. Eisenhower
          convirtió este edificio en su
          cuartel general luego de la II
          guerra mundial. Aquí se firmó la
          rendición.

                         EIDER
          ¡¿Quién firmo la rendición?!
          Francia?! ...de que hablas?!

Uno de los hombres vestido con traje casimir allí presente,
interrumpe la conversación

                         HOMBRE TRAJE CASIMIR
          Si pretende ser espía, debe primero
          aprender historia

                         EIDER
           (con cara y voz sorprendida)

          espía?!

                         MUJER DE TACOS
          La rendición que firmo Alemania

La mujer de tacos se sienta en la mesa.

Luego se dirige al hombre con traje casimir

                                            (CONTINÚA)

                    MUJER DE TACOS.
          El informe confeccionado por Burack
          por favor.

El hombre de traje levanta del suelo un maletín.

Lo abre sobre sus rodillas y saca una carpeta gruesa. De
unas 500 hojas en A4. Se ven imágenes, texto, gráficos,
páginas web resaltadas en amarillo, conversaciones
telefónicas de su whatsapp.

La mujer de tacos, le señala brevemente esta carpeta con su
contenido a Eider y la cierra.

                    MUJER DE TACOS
          como podrás ver la hemos estado
          observando y muy de cerca.

El desconcierto de Eider es total.

La tensión y el nerviosismo aumenta cada vez más en ella

                    EIDER
          Creo que se confunden, Están
          equivocados, no sé qué se piensan
          que soy. Soy una estudiante de la
          universidad

                    MUJER DE TACOS
          Lo sabemos

la mujer de tacos repasa con el dedo pulgar de su mano
derecha las hojas rápidamente de la carpeta

                    MUJER DE TACOS
          Como podrá ver,
          sabemos conversaciones de su
          whatsapp que ni usted seguramente
          recuerde. Por lo que sabemos
          perfectamente quien es usted.

                    EIDER
          y pretenden que yo sea espía?!Que
          maneje información de gobiernos y
          gente importante así de la nada.
          ¡¿Porque a mí?! porque yo?!

                    MUJER DE TACOS
          Me parece importante que comprenda
          la exhaustiva y profunda
          investigación que hicimos hasta
          lograr con usted. Creemos que es
          ideal

                                        (CONTINÚA)

                    HOMBRE TRAJE CASIMIR
          Un buen espía debe ser audaz y muy
          inteligente, pero de apariencia y
          aspecto estúpido.

                    EIDER
          ¡Oh, gracias! usted sí que
          verdaderamente sabe conquistar
          mujeres

                    HOMBRE TRAJE CASIMIR
          Deberá ser una persona que enfrenta
          sin temor situaciones peligrosas,
          pero que su apariencia sea
          inofensiva. Estar, pero no ser
          visible ni llamar la atención.

                    EIDER
          ¡¿Y esas son las cualidades que me
          han visto por las que estoy aquí
          ahora?!

                    MUJER DE TACOS
          Entre tantas otras.

                    HOMBRE TRAJE CASIMIR
          El trabajo de espía es
          precisamente, un trabajo de
          capacidad de adaptación y sobre
          todo discreción. Por eso un espía
          no puede ser una modelo

                    EIDER
                 (sarcástica)

          Veo, Usted sí que es todo un poeta
          con las mujeres...

                    MUJER DE TACOS
          Salvo que la situación lo requiera
          para seducir.

sacándose los anteojos y dejándolo sobre la mesa, continua

                    MUJER DE TACOS (CONT´D)
          Usted cuenta con capacidad de
          adaptación y habilidades
          interpersonales, como una de sus
          características principales,
          incluido el compromiso, la
          integridad, la excelencia y la
          capacidad de prosperar en medio de
          la dificultad.

(CONTINÚA)

                         EIDER
            Pues, y si yo no acepto.

                         MUJER DE TACOS
                    (señalando)
            Ahí tiene la puerta. muchas gracias
            por su tiempo

                         EIDER
            Y si acepto.

                         MUJER DE TACOS
            500 mil dólares para empezar.

EIDER empieza a reírse de los nervios.

                         EIDER
            Y, para terminar

                         MUJER DE TACOS
            Una capacitación y entrenamiento
            intensivo que le servirá no
            solamente para esta profesión, sino
            para toda la vida civil. Inclusive
            para la crianza y educación de sus
            hijos

                         EIDER
            ¡¿Y a cargo que quien estará el
            entrenamiento?!

Señala al hombre de traje casimir

                         EIDER(CONT´D)
            ¿a cargo del William Shakespeare
            del romanticismo?!

                         MUJER DE TACOS
            NNo. Después se le proporcionara
            esa información.

                         HOMBRE TRAJE CASIMIR
            Se le enviara una notificación al
            domicilio de su hogar aquí en
            Reims.

16   EXTERIOR. CASA REIMS. NOCHE

Se puede ver una mano que coloca un sobre de papel madera,
por debajo de la puerta de la casa.

El sobre entra en la casa.

17   INT.CASA EIDER REIMS.MINUTOS DESPUÉS

EIDER, se percata que hay un sobre debajo de su puerta. Abre
el sobre arriba de la mesa de su living donde está todo
oscuro, e ilumina la carta con la luz de su celular. Los
ojos fijos sin distracción leyendo con total atención la
nota.

                    MUJER DE TACOS (V.O)
          Usted ha sido seleccionada. Muchos
          fueron los llamados, pero pocos los
          elegidos. Usted fue elegida para
          participar de un entrenamiento
          intensivo para convertirse en
          Agente Secreto. Si está de acuerdo
          firmar la carta y enviarla a la
          dirección que figura abajo. Por
          favor, no use tecnología.

Eider Se arrepiente de iluminar la carta con el celular.
Empieza a mirar el celular con desconfianza.

Enciende la luz del living. Abre y busca una lapicera. Se
escucha EL RUIDO DE LA FIRMA EN EL PAPEL de la carta

18   EXTERIOR. AEROPUERTO. DIA

Washington-Dulles

El avión aterriza en el aeropuerto.

Del avión baja EIDER.

En las proximidades del aeropuerto la espera un auto
mercedes Benz color negro.

Al transitar por el acceso de la ruta 267(Dulles Access RD),
se observa el cartel en dirección a Langrey.

19   EXTERIOR. LANGREY(EEUU). DIA

EL auto estaciona frente a un departamento.

EIDER ingresa en el.

20   INTERIOR. EDIFICIO. DIA

EIDER ingresa al edificio y en el hall central lo espera UNA
JOVEN (26 años). pelo recogido hacia atrás, uniforme azul.

La joven, la acompaña a Eider. Caminan atravesando el hall
central hacia un pasillo. se puede visualizar a lo lejos una
escalera amplia al lado del ascensor.

                    EIDER
          Hace mucho tiempo trabaja usted
          aquí

                    MUJER DE UNIFORME AZUL
          Fui reclutada a los 21 años.

                    EIDER
          Y luego, como siguió su vida aquí

                    MUJER DE UNIFORME AZUL
          AL ingresar fui presentada ante la
          administrativa que se encontraba,
          una mujer de mi misma edad.
          recuerdo tenía millones de carpetas
          sobre su escritorio. no se cual
          buscaba. Algunas eran amarillas y
          estaban etiquetadas

                    EIDER
          Que buscaba en esa carpeta

                    MUJER DE UNIFORME AZUL
          La carpeta negra

          (beat)
          Escalera o ascensor

                    EIDER
          Ascensor

                    MUJER DE UNIFORME AZUL
          Creo que si quieres quedar bien,
          conviene escalera.

21   INTERIOR.ESCALERAS. DIA

Ambas caminan por la escalera

22   INTERIOR. PASILLO.DIA

Al final de la escalera, LA MUJER DE UNIFORME AZUL, la
conduce a EIDER por un pasillo, hacia el patio central.

A medida que avanza, Eider observa puertas cada 25 metros
cuyas cerraduras son combinaciones.

EL pasillo no se oye ningún ruido.

Justo se abre una de las puertas, se observa gran
amplitud con computadoras, teléfonos y mucha gente.

Finalmente, el recorrido termina. Ambas se detienen frente a
la oficina más grande

                    MUJER DE UNIFORME AZUL
              Hemos llegado. El jefe te guiara a
              partir de este momento.

Abre la puerta. no hay tanta gente dentro de esta sala.

23   INTERIOR. OFICINA.DIA

LA MUJER DE UNIFORME AZUL, se despide.

                         EL JEFE
              Buenas tardes. Estamos en una
              oficina que maneja información
              clasificada y sensible.

                         EIDER
              Claro, entiendo. Imagino que todas
              las oficinas acá son parecidas.

                         EL JEFE
              En cierta forma, pero no es tan
              así. Algunas oficinas tratan temas
              más sensibles que otras, que son
              solamente para tareas
              administrativas. La mayoría de los
              empleados aquí dentro trabajan en
              análisis, lenguaje, ciencias,
              ingeniería.

EL JEFE amablemente le corre la silla para que EIDER se
siente. Luego el da vuelta al escritorio para sentarse en su
lugar frente a ella.

                         EL JEFE
              Me recuerda su nombre

                                             (CONTINÚA)

                    EIDER
          Eider

                    EL JEFE
          Para su puesto es necesario muchos
          requisitos personales y
          profesionales. Primero, antes que
          nada, ingresan personas con título
          universitario

                    EIDER
          Pero yo no me he recibido.

                    EL JEFE
          Pero le falta poco, sus notas, su
          pragmatismo y su inteligencia
          superan ampliamente nuestras
          expectativas. Por lo que dos o tres
          materiales,para nosotros no cambia
          nuestro parecer. Pero eso no es
          todo lo más importante a tener en
          cuenta. También habilidades de
          comunicación oral y escrita,
          excelentes habilidades en
          resolución de problemas y
          disposición de servir, y una amplia
          confidencialidad. Cree usted que
          podemos confiar en usted y que será
          una persona reservada

                    EIDER
          Claro que sí. por supuesto

El jefe da media vuelta al bóxer que se encuentra detrás

                    EL JEFE
          ¿Dijo la verdad?!

                    EL BOXER
          Si jefe

                    EIDER
             (incrédula)

          ¡¿Me están controlando con un
          detector de mentira?!

                    EL JEFE
          No sé porque se asombra. ¡¿Acaso no
          sabe dónde está?!

          (beat)
          En el momento que usted respondió
          su nombre y que no se había
                    (MÁS)   (CONTINÚA)

                         EL JEFE (continúa)
          recibido en la universidad, nuestro
          sistema detecto su presión
          arterial, la dilatación de las
          pupilas de sus ojos y su
          respiración. cuando estos
          indicadores se ven alterados, nos
          indica que usted ha mentido. Esto
          también lo implementamos en las
          embajadas para otorgar visa a los
          turistas extranjeros.

El jefe se pone de pie.

                         EL JEFE
          Venga acompañeme

24   INTERIOR. PASILLO. DIA

EL JEFE camina por el pasillo al lado de EIDER. entran en
una de las salas

25   INTERIOR. SALA. DIA

                         EL JEFE
          En esta sala se encuentran los
          analistas de sistema, Ingenieros en
          software. Ellos desarrollan
          programas con el fin de detectar
          amenazas

Siguen avanzando a otra sala

                         EL JEFE(CONT´D)
          En esta otra sala se encuentran
          aquellos que se encargan de
          escuchar conversaciones, rastrear y
          leer todo mensaje enviado o
          recibido a través de mails o correo
          electrónicos, con el fin de
          detectar la contrainteligencia o
          ataques. Ellos trabajan muy ligados
          a los peritos informáticos que se
          encuentran en la otra sala.

                         EIDER
          ¡¿Los peritos informáticos que
          vendrían a ser exactamente?!

                         EL JEFE
               Especialistas en seguridad y
               telecomunicaciones. Muchos procesos
               judiciales requieren analizar
               pruebas procedentes de teléfonos
               móviles, tablets, pendrive, etc.

                         EIDER
               ¡¿Ellos determinan si una prueba
               tecnológica es válida?!

                         EL JEFE
               Exactamente. Se encargan de
               analizar la veracidad.

EIDER ve que una persona en su computadora está observando
pornografía, mientras toma su café.

incrédula no entiende. El lugar está lleno de gente, el
hombre está observando pornografía en su pc 34 pulgadas
ultrawide.

EL JEFE se percata de esta situación

                         EL JEFE
               Él es hacker. se apoda "wondering
               whether".

               Él fue a prisión por estafar gente.
               Les robaba de sus cuentas bancarias
               todos los meses centavos a millones
               de gente. Nadie controla los
               números después de la coma.

               0.34 centavos en 2 millones de
               personas..

          (beat)
               robaba unos 680.000 dólares por
               mes.

                         EIDER
               Y como lo encontraron.

                         EL JEFE
               Llevo tiempo. en realidad, nunca
               nos dimos cuenta. Su error fue la
               ambición. Después de tantos años
               sin ser detectado, siguió robando
               centavos, pero está vez lo hizo a
               100 millones de personas en todo el
               mundo. No supo cómo declarar tanta
               plata, ni como blanquearla. Y ahí
               cayo

                                             (CONTINÚA)

                          EIDER
          Y como termino el aquí

                          EL JEFE
          Con sus amplios conocimientos, se
          le dio la oportunidad de levantar
          la condena, si se comprometía a
          trabajar con nuestro servicio.

Eider vuelve a mirar a wondering whether y su monitor

                          EIDER
                      (sarcástica)

          Veo que está muy comprometido.

                          EL JEFE
          Esta equivocada. El en este momento
          está trabajando.

                          EIDER
                      (susurra despacio)

          linda manera de trabajar

                          EL JEFE
          El rastrea todas las páginas
          pornográficas que se encuentran en
          internet. Cada historia
          pornográfica está dividida en
          temáticas.

              (beat)
          Se ha percatado de eso

Las enumera con el dedo

                          EL JEFE(CONT´D)
          Alumnas, maestras, en una oficina,
          tríos, sadomasoquismo, rubias,
          morochas, tatuajes, menores

Se para enfrente de la máquina de café e introduce la
moneda. Espera mientras se prepara el café

                          EL JEFE(CONT´D)
          wondering rastrea todas las
          direcciones de IP que miran
          pornografía y activa la Cámara de
          la pc sin que el usuario se dé
          cuenta.

          Si una misma dirección de IP
          siempre ve la misma temática, los
                      (MÁS)   (CONTINÚA)

                         EL JEFE(CONT´D) (continúa)
          empieza a seguir. Más que nada en
          aquellas temáticas que refiere
          simulación de menores, agresión,
          violaciones.

                         EIDER
          Sabe la preferencia sexual de la
          gente.

                         EL JEFE
          Exactamente, y hay involucrados
          muchos altos funcionarios. Su
          dirección de IP refiere sus
          preferencias sexuales. Incluso
          tenemos sus videos mirando
          pornografía. Si un hombre está
          acusado de abuso y efectivamente ha
          ingresado a ver estás temáticas...

               (beat)
          Usted se dará cuenta que se usa
          como prueba. Demuestra que veía
          estos videos y tenía inclinación y
          gusto sexual a esas temáticas.

El jefe recoge el café de la maquina

                         EL JEFE(CONT´D)
          Mucha de la pornografía de hoy,
          contiene mucha agresividad, rozando
          según nuestros psicólogos la
          violencia y la violación, el que se
          excita con esos videos es un
          potencial peligro caminando solo
          por la calle.

Revuelve el café

                         EL JEFE(CONT´D)
          Pero no solamente se utiliza en el
          momento probatorio, sino en todo
          momento se enciende nuestra alarma.

               (beat)
          Hay mucha mente enferma caminando
          por la calle

                         EIDER
          Mas vale prevenir que curar.

Aparece SAM un hombre joven de (35 años) jean y camisa.

                                             (CONTINÚA)

                         SAM
             Una vez sirvió como prueba en un
             juicio en un allegado y ligado al
             poder, que estaba acusado de abuso.
             Su dirección de Ip y video
             registrados, demostraban que
             entraba a ver estas temáticas.

Sam, guarda su celular en el bolsillo

                         SAM(CONT´D)
             Perdón no me he presentado. Mi
             nombre es SAM

                         EL JEFE
             Sam te guiara ahora, hasta que
             empieces tu entrenamiento y
             capacitación con Burak

                         SAM
             Acompáñame.

26   EXTERIOR.LANGLEY FORK PARK. ATARDECER

EIDER caminan por el fork park.

                         EIDER
             ¡¿Ya no existe privacidad en la
             gente verdad?!

                         SAM
             No!

                         EIDER
             Y porque crees que la gente sigue
             dependiente de la tecnología y del
             celular

                         SAM
             Justamente. Para que no haya
             privacidad. De hecho, cada vez es
             más complicado para nosotros
             reclutar espías. Se comparten
             información

                         EIDER
             ¡¿En las redes sociales?!

                         SAM
             Todos los años la agencia tiene que
             rechazar candidatos estelares
             debido a las cosas que dijeron o
                         (MÁS)   (CONTINÚA)

                    SAM (continúa)
          mencionaron. Hemos notado en usted
          discreción en sus redes sociales.

                    EIDER
          Entonces, los agentes secretos o
          espías, debemos ser antisociables

                    SAM
          ¿La sociedad en la década del 80,
          acaso eran antisociables cuando no
          existían las redes sociales? Claro
          que no.

Eider saca su celular de la cartera.

                    EIDER
          Entonces para que lo quiero

                    SAM
          Los agentes secretos no son
          antisociables. Dependiendo del
          momento y la misión tendrán que
          interactuar con personas para
          obtener información. Existen
          millones de casos, donde hombres o
          mujeres, se han infiltrado en
          reuniones y fiestas diplomáticas y
          no tan diplomáticas para escuchar
          conversaciones. La información es
          poder.

                    EIDER
          ¿y se encuentra en la privacidad?!

                    SAM
          Una vez ingresada en la agencia, se
          le pedirá que sea reservada. será
          posible?! algunos les cuesta

                    EIDER
          ok. ¿Pero si la agencia hace fiesta
          de fin de año con todos los agentes
          secretos y espías, puedo
          etiquetarlos a todos en mi
          historia?!

Ambos ríen

                    SAM
          Me gusta tu sentido del humor

                                        (CONTINÚA)

                    EIDER
          Tengo entonces que desaparecer de
          las redes sociales.

                    SAM
          No. siempre discreción. Si
          desapareces también llamaras la
          atención.

Ambos se sientan en un banco en el fork park.

                    SAM
          Que piensas que hace una agente
          secreto o espía.

                    EIDER
          ¡¿sacar información?!

                    SAM
          ¿Como cual?!

                    EIDER
          ¿Qué país se ha copiado de quien
          para desarrollar la vacuna del
          COVID?! ...

               (beat)
          o investigar tal vez sobre algún
          plan con la implementación de un
          chip juntamente con los
          iluminatti... o que el planeta
          tierra está totalmente invadido por
          seres de otros mundos y las grandes
          potencias mundiales lo mantienen en
          secreto.

Sam larga una carcajada

                    SAM
          El sentido del humor sirve para
          liderar, tener simpatía y empatía
          con la gente.

                    EIDER
          Gracias.

con una risa en su cara forzada

                    EIDER (CONT´D)
               (susurra)

          Hablaba en serio.

                    SAM
          Estoy entrenado para oír todo. Y a
          decir verdad eso ya fue
          desclasificado.

                    EIDER
          ¿Qué cosa?!

                    SAM
          Los avistamientos de objetos
          voladores no identificados en el
          área 51, en el programa denominado
          UIT-2.2 durante la década del 30,
          no eran ovnis

EIDER abre los ojos sorprendida y retrocede muy levemente la
cabeza hacia atrás

                    SAM (CONT´D)
          En verdad, fue la creación y
          desarrollo de aviones espía
          secretos con la posibilidad de
          ingresar al espacio aéreo enemigo,
          sin ser capturado por los radares.

                    EIDER
          Estoy impresionada. ¡¿Esa
          tecnología en la década del 30?!

                    SAM
          Esos avistamientos, no eran ovnis,
          eran viajeros del tiempo que nos
          proporcionaron esa tecnología.

                    EIDER
          Que gracioso. ¡¿Es para mantener la
          empatía verdad?!

Sam la mira serio, Se pone de pie y la invita a Eider a
seguirlo.

Empiezan a caminar. a unos 70 metros se encuentra
estacionado un jeep ika largo.

El jeep es completamente viejo, desgastado por los años, de
color blanco con su calcomanía en rojo escrito en la palabra
Cheyenne. tapizado roto, tanto en su asiento como así en el
respaldo. Los asientos traseros han sido quitados y en su
lugar se encuentra la rueda de auxilio.

Se detienen frente al jeep

                                        (CONTINÚA)

                    SAM
              Por hoy está bien

Saca de su bolsillo una tarjeta y unas llaves

                    SAM(CONT´D)
              Toma. Las llaves

Eider Mira sin enternder

                    EIDER
              ¿Qué es esto?!

                    SAM
              Las llaves del jeep para que te
              muevas durante tu estadía aquí. y
              la dirección donde te hospedarás

                    EIDER
                 (irónica)
              Claro, entiendo. El jeep es para
              pasar desapercibida. así nadie
              piensa que tengo que perseguir a
              alguien arriba de esto

Eider agarra las llaves y se dirige a la puerta del
conductor mientras Sam se queda parado en la vereda

                    EIDER
                 (SUSURRA)

              ¡¡¿Viajeros del tiempo, como no?!
              no le pudieron haber proveído de
              alguna tecnología más avanzada que
              este Jeep.

Eider Entra en el auto

Sam ríe y grita de lejos

                    SAM
              Eso también lo escuche.

Sam saca del bolsillo trasero de su pantalón otra tarjeta.
Se acerca al jeep

                    SAM(CONT´D)
              ah, me olvidaba la dirección donde
              te tienes que presentar mañana.

 Sam Entrega la tarjeta. Eider enciende el auto. Tiene
problemas de arranque. finalmente Enciende y comienza a
andar unos metros

Eider habla consigo misma e ironiza

                    EIDER
          Seguramente con la velocidad de
          este jeep atraparé a muchos.

El jeep tiene problemas con el caño de escape. hace
explosión. Sigue andando lentamente.

27   INTERIOR. HILTON ARLINGTON.NOCHE

EIDER llega a la recepción del hotel.

Le entregan la llave de su dormitorio

28   INTERIOR. DORMITORIO HILTON ARLINGTON. DIA

EIDER despierta. se levanta de la cama y se va a duchar.

Mientras se está cambiando, ve enfrente suyo un televisor
inteligente. Que se encuentra apagado

Se viste con trajecito negro ajustado, camisa blanca, pelo
tirante recogido y labios pintados de rojo

El servicio de limpieza se encuentra en el pasillo del hotel
pasando la aspiradora

29   INTERIOR. PASILLO DEL HOTEL. DIA

                    EIDER
          Disculpe buen día. Hola!?!

El hombre de limpieza detiene la aspiradora. EIDER abre la
puerta de la habitación y señala

                    EIDER (CONT´D)
          ¿Ese televisor es inteligente?!
          ¡¿Es un televisor con acceso a
          internet?!

                    LIMPIEZA
          creo que si señora.

                    EIDER
          o sea parece apagado, pero te
          pueden estar grabando.

El HOMBRE DE LIMPIEZA queda paralizado, sin hablar. no
entiende nada, con cara desconcertada

                                        (CONTINÚA)

                         EIDER
          No se haga problema. Mañana fingiré
          estar hablando que tengo 20
          cadáveres, a ver qué pasa

Eider cierra la puerta.

El hombre de limpieza se queda sin entender nada.

30   INTERIOR. PLANTA BAJA. RESTAURANT. DIA

          EIDER se sienta en la mesa a desayunar. Luego sale rumbo a
          su jeep.

31   EXTERIOR. AEROPUERTO.WASHINGTON-DULLES . DIA

          EIDER llega con su Jeep, la espera SAM que viaja con ella

          Sam Le indica que tiene que subirse con el JEEP al avión que
          está esperando. Boeing C-17

32   INTERIOR. AVIÓN. DÍA

          EIDER está dentro del avión junto a SAM

                         EIDER
          No hubiese sido más fácil un vuelo
          normal y alquilar allí un auto.

                         SAM
          ¡¿Dónde crees que estás
          trabajando?!

Sam, Guarda su celular en el bolsillo

                         SAM(CONT´D)
          Acaso vas a trabajar de secretaria
          ejecutiva así vestida.

Sam, Arroja encima de sus rodillas un bolso, con ropa
deportiva.

                         SAM
          vístete

33   EXTERIOR.AEROPUERTO REGIONAL CHEYENNE.DIA

        Aterriza el avión.

34   EXTERIOR. RUTA. DIA

        Ambos están circulando por la ruta, arriba del jeep.

        SAM es el que conduce mientras EIDER está en el asiento del
        acompañante, vestida con zapatillas, jean y campera para el
        frio.

        Se puede visualizar a medida que se acercan con el jeep un
        túnel que atraviesa perpendicularmente la montaña.

        Sam reduce la velocidad al llegar a la entrada del túnel.
        Allí hay un oficial militar con su uniforme grisáceo, que
        apenas se contrasta con el blanco de la nieve.

        Sam se presenta y lo autorizan a seguir con el jeep.

35   INTERIOR. TUNEL. DIA

                        SAM
                Es un bunker ofensivo construido a
                3500 pies bajo tierra de granito y
                es tan amplio como 4 hectáreas.
                Existen suites para oficiales de
                alto rango, pequeños hospitales,
                tiendas, inclusive un gimnasio y
                bares

                        EIDER
                Ah, ya sé.

                        SAM
                Que sabes.

                        EIDER
                Seguramente fue construido en caso
                de ataque nuclear o invasión
                alienígena.

                        SAM
                    (ríe)
                La función principal es recopilar
                información sobre el espacio aéreo
                de todo el planeta: aviones,
                misiles e incluso satélites.

(CONTINÚA)

                    EIDER
          ¡¿Sería algo así como un telescopio
          mundial?!

                    SAM
          Nos vamos entendiendo

A medida que siguen circulando con el jeep se ven
autopistas, helipuerto, espacios públicos.

SAM detiene el jeep.

                    SAM
          Llegamos

36   INTERIOR TUNEL/PUERTA. DÍA

Ambos bajan. SAM se presenta a los 3 guardias que se
encuentran frente a la puerta blindada de unas 25 toneladas
y de un ancho aproximado de un metro y medio. Los guardias
autorizan el ingreso

37   INTERIOR. SALA. DIA

Dentro de la sala hay un escritorio en la recepción y por
detrás un vidrio de cristal esmerilado que deja ver dos
personas trabajando y cientos de computadoras y monitores de
todos los tamaños. SAM Y EIDER aguardan que llegue la
recepcionista al escritorio

                    EIDER
          Nunca entendí eso. pensé que era en
          las películas. millones de
          computadoras y solo dos personas.
          Me hacen acordar a mí, cuando tenía
          3 celulares. ¡¿¡¿Para qué quería
          los otros dos?!?!

                    SAM
          (con cara picara)

          Por si fallaba uno, había dos más
          para espiarte y controlarte

Se acerca LA RECEPCIONISTA al escritorio.

                    SAM
          Ella, viene a realizar su
          preparación con Burak.

(CONTINÚA)

                          RECEPCIONISTA
                Perfecto. Por aquí por favor

Caminan los tres por medio de los boxes. Pantallas gigantes
se encuentran colgadas en la parte superior de las paredes,
una al lado de otra.

En cada box hay tres 3 computadoras.

subiendo unos pequeños escalones al final de la sala se
encuentra la oficina principal

Sam y Eider ingresan

38   INTERIOR. OFICINA PRINCIPAL. DIA

La RECEPCIONISTA abre la oficina y enciende la luz. La
oficina se ilumina de una luz color blanco azulado que no
termina de eliminar las sombras del lugar.

EIDER Y SAM se sientan. La recepcionista deposita una
carpeta color negra arriba de la mesa.

                          RECEPCIONISTA
                En breve viene Burack.

Abre la carpeta y saca unas hojas para dárselas a Sam

                          RECEPCIONISTA(CONT´D)
                Mientras tanto puede ir completando
                el segundo test.

Sam recibe esas hojas. La recepcionista se retira.

                          EIDER
                ¿El segundo test?!

                          SAM
                El primer test ya lo aprobaste

                          EIDER
                  (frunce el seño)

                ¿En qué momento?!

                          SAM
                En el momento que la mujer de tacos
                ingreso al aula, cuando estabas
                rindiendo el examen y comenzó a
                disparar

Eider se queda callada tratando de entender

                                              (CONTINÚA)

                         SAM(CONT´D)
          Lo que se trata de ver en ese test,
          es la reacción espontanea ante una
          situación temerosa, y como ante
          esta situación también inesperada y
          sorpresiva, ver el grado de detalle
          con que recuerda todo lo
          acontecido.

En ese momento se acerca la recepcionista. Arrima un carrito
con ruedas a la mesa donde estaban Sam y Eider.

                         SAM(CONT´D)
          La declaración testimonial
          posterior que has dado a la policía
          sobre los acontecimientos sucedidos
          nos ha dejo a todos en la agencia
          boquiabiertos. El grado de certeza
          y exactitud fue maravilloso

La recepcionista coloca 7 vasos, le agrega cubos de hielo a
cada vaso y luego con la jarra vierte agua en todos los
vasos, y se retira

                         SAM(CONT´D)
          Por favor, servite!

                         EIDER
          No, estoy bien. Gracias

                         SAM
          No me entiendes. Debes elegir un
          vaso y beberte toda el agua que hay
          en el..

       (beat)
          pero te aclaro, todos los vasos
          contienen veneno.

                         EIDER
          (sorprendida)

          Todos los vasos

Sam asiente con la cabeza

                         EIDER
          y que se supone que haga

                         SAM
          No llamar la atención. Beber un
          vaso, aunque contenga veneno y
          salir viva por esa puerta.

                                        (CONTINÚA)

                         EIDER
             Pero eso es absurdo. si todos
             tienen veneno. cualquiera que
             elija, cualquiera que tome, moriré.

Sam observa su muñeca derecha el reloj

                         SAM
             90 segundos

SE ESCUCHA LOS SONIDOS DE LA AGUJA DEL RELOJ AVANZAR. Eider
está inquieta es incapaz de permanecer en su asiento, está
alterada y agitada. La sudoración empieza a recorrer su cara

Mira los vasos, mira nuevamente como las agujas del reloj
avanzan.

De repente tira la silla para atrás para levantarse

                         EIDER
             Murdock!!

Aparece en escena Murdock caminando sigilosamente entre la
sombra

                         MURDOCK
             No es esa la respuesta adecuada

                         SAM
                   (irónico)

             Permíteme presentártelo.

             Burak, su nombre es Eider. Eider él
             es Burak.

Eider se queda sin palabras, asombrada. Dirige su mirada a
Sam

                         EIDER
             A decir verdad, no es que pronuncie
             su nombre porque lo haya visto
             entrar. Sino que la respuesta es
             que el veneno se encuentra en los
             cubos de hielo.

Se produce unos segundos de silencio en el ambiente

Sam y Burack se miran cómplice entre ellos

                         EIDER (CONT´D)
             Independientemente del vaso que
             escoja, el veneno se encuentra
                   (MÁS)   (CONTINÚA)

                         EIDER (CONT´D) (continúa)
               encerrado en el cubo de hielo y se
               mantendrá ahí hasta que se
               descongele y se mezcle con el resto
               de la bebida. Pero si lo tomo de un
               solo sorbo toda la bebida que hay
               el vaso, antes que el cubo de hielo
               se descongele, nunca llegará a
               tomar contacto el veneno con el
               líquido.

voltea la cabeza, mirando fijamente a Burak

                         EIDER (CONT´D)
               O el somnífero con el champagne

                         BURACK
               (sonriendo y mirando a sam)

               Te dije que era buena!!!

                         EIDER
               ¿De que se trata todo esto?! ¿Qué
               haces aquí?

                         BURACK
               Hola, Eider. bienvenida!!!

                         EIDER
               obviamente tú tienes algo que ver
               con que yo está aquí.

                         BURACK
               No exactamente. Me han solicitado
               que te siga y te conozca de cerca.
               Ya te habían localizado.
               simplemente me infiltre como
               estudiante en la universidad para
               acercarme a ti

                         EIDER
               Por eso te acercabas y me pedías
               que me sentara cerca. ¡¿Como me
               localizaste en Francia?!

                         BURACK
               La agencia.

               (beat)

               La agencia me paso tu localización
               y para donde te dirigías.

                                                      (CONTINÚA)

                    EIDER
          ¿Nunca nada fue casual?!

Burak, asiente con la cabeza suavemente.

                    BURACK
          Yo soy el encargado de tu
          entrenamiento y capacitación.

Eider lo sigue con la mirada mientras Burak camina hacia el
carrito con ruedas y agarra uno de los vasos.

                    BURACK
          Por cierto, no tienen ningún
          veneno.

Toma el líquido del vaso de un solo sorbo.

                    BURACK(CONT´D)
          Solamente Agua.

Mueve el vaso vacío

                    BURACK(CONT´D)
          ¿Estas lista?!

                    EIDER
          ¿Para qué?!

                    BURACK
          Continuar con tu entrenamiento.

39   INT.CENTRO DE ENTRENAMIENTO/TIRO AL BLANCO.DIA

      EIDER está de pie con una pistola en la mano. BURACK se
      encuentra detrás viendo. Eider toma puntería para disparar
      al blanco. Reacciona temerosa ante EL PRIMER DISPARO

                    BURACK
          No tengas miedo.

Eider continúa disparando.

                    EIDER
          Me siento aturdida. me cuesta ver

                    BURACK
          Continua

Eider no acierta ni un solo tiro. Se ha quedado sin balas

                                        (CONTINÚA)

                         BURACK(CONT´D)
              Aguarda.

Burack le toma la pistola y le enseña

                         BURACK(CONT´D)
              Al manipular la pistola apunta en
              dirección al blanco. Es muy
              importante no apuntar hacia los
              costados al tirar de la corredera
              para atrás, o al manipular el
              seguro.

                 (beat)

              Usa la palma de tu mano

Burack le devuelve el arma.

Eider practica nuevamente una y otra vez

                         BURACK(CONT´D)
              Usa tu mano no dominante como
              sostén de tu otra mano...Alinea los
              pulgares para conseguir precisión.

Eider comienza a acertar en el blanco. sonríe

MONTAGE-VARIOUS

A) EXT.CALLE.HORAS MÁS TARDE - EIDER Y BURACK corren juntos

B) INT.GYM.HORAS MÁS TARDE - EIDER levanta pesas

C) INT.DOJO.NOCHE- BURACK se encuentra al lado de EIDER
enseñando diferentes posturas de Katas.

END OF MONTAGE

40   INT.PASILLO. DIA

       WON (53 años) Hombre gordo con barba, pelo corto, camina por
       un pasillo dirigiéndose a la entrada de una puerta de roble
       de más de 2 metros de largo.

       En la entrada de la puerta se encuentra con 2 guardias de
       seguridad. WILL uno de los guardias, abre la puerta
       permitiendo el acceso.

                         WILL
                 Buenos días SR Won

                          WON
                Buenos día Will

Al abrir la puerta hay una escalera

41   INT. ESCALERA DE MADERA. DIA

        WON Baja por la escalera. WILL lo acompaña.

        El otro guardia queda custodiando la puerta de arriba

        Escalera amplia, en forma de U de dos metros y medio de
        ancho. baranda de madera de roble y piso y pared de mármol
        grisáceo

        Prosigue su caminar hacia a el piso inferior.

        Won observa la hora.

        Al llegar al final de la escalera, se encuentra una arcada
        que da comienzo al oval.

        Will se detiene en la arcada, mientras que won prosigue al
        centro de la sala

42   INT. OVAL. DIA

        La sala oval es enorme. techo abovedado de mármol con
        aperturas para la entrada de luz. La sala oval esta
        recubierta en todo su perímetro por madera de roble y
        arcadas contiguas.

        Hay un entrepiso- pasarela, que acompaña la forma oval en
        toda la sala, también de madera y baranda de cobre.

        Contiene en cada arcada libros antiguos y enciclopedias.

        Debajo de este entrepiso las arcadas continúan, algunas de
        ellas son vitrinas cubiertas con vidrio de objetos de siglos
        pasados.

        En el centro del oval se encuentra una mesa ovalada para
        unas catorce personas.

        Los catorce se encuentran presentes en la sala y Se disponen
        a sentarse en la mesa.

                          SR WON
                Buenos señores. ¡¿Estamos listo
                para comenzar?!

        Abre la laptop y la coloca arriba de la mesa.

                                                    (CONTINÚA)

Se empiezan a proyectar imágenes

                         SR WON
             Todo es correcto en cuanto al orden
             y a los plazos establecidos.
             venimos cumpliendo los plazos.

Una de las imágenes proyectadas se puede ver la palabra ley
marcial con gente protestando detrás, también se ven fuerzas
policiales

ANÁS (42 años) árabe.

                         ANÁS
             ¡¿Cuánto dinero invertiremos en
             acciones este año para el
             desarrollo de I.A.?!

                         WON
             Probablemente el mismo capital, ya
             que en los últimos cinco años hemos
             obtenido una ganancia de 500%...

Anás agarra su celular de arriba de la mesa

                              MATCH CUT ANÁS/JEON

43   INT. HABITACIÓN DEL HOTEL. AL MISMO TIEMPO

        JEON (36 AÑOS) de origen coreano, agarra su celular de
        arriba del escritorio.

        En la habitación hay 5 hackers sentados frente a
        computadoras, con diferentes programas operativos y
        múltiples pantallas.

        Dos de los hackers, NIKOLAI y LEE, hablan con Jeon que es el
        único parado en el lugar.

        Detrás de ellos, hay una mesa con varios vasos de gaseosas y
        comida rápida

                         JEON
             Se puede ver algo de la reunión.
             ¡¿Han podido entrar?!

                         NIKOLAI
             No aún.

                         JEON
                    (susurrando)

                    (MÁS)   (CONTINÚA)

                         JEON (continúa)
          Por Dios, que hace falta. vamos,
          vamos!!

                         NIKOLAI
                      (comiendo)
          La verdad para ser millonarios, son
          bastantes tacaños. Ni un plato de
          comida en la mesa

                         LEE
          Millonarios solamente.

Lee, toma un sorbo de gaseosa con el sorbete

                         LEE(CONT´D)
          Son los catorce millonarios más
          poderosos y ricos del mundo. Son la
          elite... ni siquiera responden a un
          gobierno, sino a sus propios y
          únicos intereses

                         JEON
          No se distraigan. no se
          distraigan... concéntrense

Lee inmediatamente levanta los brazos enérgicamente, tirando
el vaso de gaseosa que se encuentra al lado del teclado.

El vaso cae al suelo.

                         LEE
          Entre. ¡¡Lo tengo!! lo he podido
          hackear. Entre a través del celular
          de Anás.

Jeon se acerca

                         JEON
          ¡Perfecto! se puede escuchar?! se
          observa bien?!

                         LEE
          Aún no tenemos audio

                         JEON
          Mierda

Lee muestra a jeon la imagen a través monitor

                         LEE
          Pero las imágenes obtenidas a
          través del celular son nítidas.

                                                    (CONTINÚA)

Jeon observa la reunión de la sala oval en el monitor del hotel donde él se encuentra.

                    JEON
          Necesito saber todo lo que sucede
          ahí dentro de la sala oval. Tener
          más información.

     (beat)
          ¡¿No se puede ver lo que están
          proyectando?!

                    LEE
          No aún. Ha dejado el celular fijo
          en el bolsillo delantero

                    JEON
               (fastidioso)

          Mierda. Intenten entrar a otro
          celular a ver si tenemos mejor
          imagen.

                              CROSS CUTTING SALA OVAL/HOTEL

Won se pone de pie en la sala oval

                    WON
          ¡¿Que les parece?!

                    ANÁS
          Propongo una inversión aún mayor.
          una inversión fuerte que permita el
          desarrollo de inteligencia
          artificial descentralizada.

Won expresa aceptación con su cara.

Jeon mira atento

                    ANÁS (CONT´D)
               Utilizando tecnología
               blockchange...

Horas más tardes Jeon observa cómo la reunión llega a su fin.

Los ojos de Jeon se mueven expectante por todos los monitores de la sala en el hotel

Won se pone de pie. Luego los integrantes de la mesa en la sala oval

El grupo de hackers observan a través de la Cámara donde
guarda Won la laptop

Anás acompaña atrás a Won a guardar la laptop

                    NIKOLAI
          Lo sigo, lo sigo. déjalo ahí. No te
          muevas... ¡Perfecto!

                    LEE
          ¡Perfecto! Lo ha guardado justo
          donde el ángulo de visión de la
          Cámara nos permite identificar el
          lugar.

Nikolái, congela la imagen donde han guardado la Laptop y
agranda la imagen.

Se la muestra a Jeon.

Won se retira del oval. Anás sale tras él.

                    JEON
          ¡Perfecto! a la noche entramos.
          Preparen todo.

44   INTERIOR. OFICINA PRINCIPAL. NOCHE

SAM, BURACK Y EIDER están sentados alrededor de la mesa..

                    BURACK
          Nuestros expertos y analistas
          intentan averiguar qué está
          sucediendo

                    EIDER
          ¿Sucediendo con qué?!

                    SAM
          Es como resolver una rompecabeza

                    BURACK
          Pero con faltantes de piezas.

                    SAM
          Una vez que nuestros analistas
          consigan respuesta, se arma una
          carpeta que se presenta ante la
          autoridad competente

(CONTINÚA)

                    BURACK
          Como ya te ha dicho Sam con
          anterioridad, hoy se consigue más
          información gracias a la expansión
          y el uso del celular y la
          tecnología

                    SAM
          Nuestros analistas están
          capacitados para descifrar que es
          cierto, y que es para confundir o
          despistar.

Burack, saca su celular de su bolsillo y lo coloca arriba de
la mesa.

                    SAM(CONT´D)
          ¡¿Porque son importantes los
          celulares y la dependencia de
          ellos?!

                    EIDER
          (ríe sarcástica)

          Para poder hablar por teléfono

                    BURACK
          No es solo para vigilarte por si
          eres alguien importante, sino
          también por si llegas a hacerlo. La
          mejor manera de vigilar a una
          población es que no sepan cuando la
          están vigilando y cuando no.

                    SAM
          Todas esas apps que se descargan al
          celular y se le concede el permiso
          para cosas raras como acceder a tu
          GPS, a tus fotos y vaya a saber uno
          a que más

                    BURACK
          Es cierto. nadie lee, todos
          deslizan la pantalla hasta abajo de
          todo y colocan aceptar. un día voy
          a colocar que me deben dinero y me
          lo van a tener que pagar

Todos ríen

                    EIDER
          Pero nadie mira el perfil el de la
          gente común.

                                        (CONTINÚA)

                    SAM
          Pero el día que alguien lo mire,
          puede convertirse en tu
          antecedente.

     (beat)
          Hoy el celular, la computadora,
          redes sociales sirven como base de
          datos.

                    BURACK
          Tenemos que estar preparados.

                    EIDER
          ¡¿Preparados para qué?!

                    BURACK
          La agencia nos ha brindado la
          información de que nada fue casual,
          todo fue planeado. Fue de
          laboratorio.

                    EIDER
          A decir verdad, no estoy
          comprendiendo nada. ¡¿Que fue
          planeado?!

                    SAM
          El germen de la pandemia.

Eider queda sorprendida

                    EIDER
          ¡¿Por quién?! con que fin?!

                    BURACK
          Eso aún no lo sabemos. Pero...

     (Beat)

     Debemos ir a Tokio.

                    EIDER
               (sorprendida)
          A Tokio?!?!

                    BURACK
          La agencia detecto posible atentado
          en esa ciudad.

EIDER expresa cara de asombro, boca abierta y levanta las
cejas..

lleva su mano al pecho

                                        (CONTINÚA)

CONTINÚA:

                    EIDER
          ¡¿Y que tenemos que ver nosotros?!
          además
          podemos ingresar a otro país?! esta
          permitido?!

                    BURACK
               (mirando a Sam)
          Pregunta si podemos ingresar a otro
          país...

Burack ríe. ríe irónicamente. Sam también ríe

45   EXT. ESTADIO OLIMPICO DE TOKIO. NOCHE

CIUDAD DE TOKIO-JAPON

                    EIDER
          Estás seguro de que se puede
          producir algún atentado aquí,
          parece todo muy tranquilo.

                    BURACK
          ¡¿Si no es aquí, entonces dónde?!

                    EIDER
          preguntaba solamente.

          (beat)

          Hace mucho trabajas en la agencia?!

                    BURACK
          Llegue un poco de manera al azar,
          desde que denunciaron a un ex
          oficial de la agencia de vender
          información a oriente. Nunca más
          supimos su paradero.

                    EIDER
          ¡¡¿Porque has decidido ser
          agente?!, porque vivir una vida
          doble ?! poniéndote en peligro?!

                    BURACK
          Te estás arrepintiendo de algo

EIDER hace silencio y no responde la pregunta.

                    BURACK(CONT´D)
          No te confundas. Somos personas
          comunes que realizamos trabajos
          extraordinarios.

(CONTINÚA)

                    (BEAT)
               todavía recuerdo mis primeras
               preguntas. ¡¿Ustedes me dan ropa
               para trabajar o traigo la mía?!,
               tengo que trabajar con un antifaz
               para disimular?!

BURACK ríe al recordar

                    EIDER
               Cuando ocurre un ataque, si no
               podemos prevenirlo

Burack interrumpe

                    BURACK
               Es realmente horrible. ves morir
               personas inocentes, imaginas el
               momento cuando le avisen a su
               familia, compañeros que cayeron en
               el servicio. Quedamos devastados

Eider y Burack caminan como turistas sin llamar la atención

                    BURACK(CONT´D)
                    (apenado)
               No hay entrenamiento posible alguno
               que te prepare para soportar ver
               eso. siempre queda la pregunta que
               podría haber hecho. Solo juras
               atraparlos y es ahí cuando te
               comprometes con tu trabajo. Se
               transforma en algo personal

                    EIDER
               ¿Como te desahogas?

                    BURACK
               No hay manera alguna

Se comunican al auricular que Burack lleva en su oreja. La
voz del agente es desesperada.

Burack acerca su mano al auricular

                    AGENTE (OFF)
               Burack. Burack. No es en las
               inmediaciones del estadio

                    BURACK
               Como?! ¡¿Donde?!

                                        (CONTINÚA)

                         AGENTE (OFF)
             En el centro comercial ubicado a 6
             km, de donde están ahora

Burack corre junto a Eider en busca del auto. Corren a toda
velocidad

46   INT. AUTO. NOCHE

Ambos suben al auto.

                         BURACK
             Pásame la localización exacta a
             través del GPS

                         AGENTE (OFF)
             Es en la estación de Ginza

BURACK maneja a toda prisa hacia destino. Esquiva autos,
pasa semáforos en rojo. conduce de contramano para ir más
rápido

Están a dos cuadras de la estación. La avenida congestionada
de tránsito. Burack sale del auto corriendo.

47   EXT. CALLE DE TOKIO. SEGUNDOS MAS TARDE

                         EIDER
             (gritando)

          Espera. ¡¿Dónde vas?!

EIDER sale del auto y corre en la misma dirección que
Burack, pero lo pierde.

                         AGENTE (OFF)
             Se encuentra en la estación de
             subte. Los tengo monitoreado con el
             satélite. Hice captura. Te envío al
             celular la imagen

Burack recibe al instante la imagen de la persona mientras
sigue corriendo. Hombre de 45 años pelirrojo con barbijo,
jean y campera deportiva roja y blanca.

Burack arroja al suelo el dispositivo con que vio la imagen.

48   INT. ESTACION DE SUBTE GIZA. NOCHE

          Baja a toda prisa las escaleras de la estación del subte
          chocándose con la gente y empujándolas para que se corran.

          BURACK individualiza al SOSPECHOSO que al verlo venir a toda
          prisa sale corriendo por la otra escalera de salida.

          Burack toma su arma y dispara. La gente presente se asusta y
          se tira al suelo, mientras otras se corren contra la pared.
          El sospechoso logra subir

49   EXT.CENTRO COMERCIAL GINZA.NOCHE

          El SOSPECHOSO corre desesperadamente cruzando la avenida sin
          mirar cuando es atropellado por un automóvil que circula.

          BURACK termina de salir de la estación. corre en dirección
          al sospechoso que se encuentra tirado en el asfalto.

          Corre con el arma en la mano, cuando una explosión fuerte
          detona. la bomba explota. La onda expansiva de la bomba hace
          que Burack vuele por el aire y choque contra una pared.

          Gran explosión en la esquina más emblemática de Japón. el
          reloj que se encuentra arriba del edificio es destruido por
          completo. se lo ve en llamas. La gente está en el piso,
          calles rotas, los autos dados vueltas.

          EIDER corre atrás, ve la explosión a unos 100 metros. Le
          zumban los oídos. camina con dificultad. trata de visualizar
          con cara temerosa a Burack. Lo encuentra boca arriba todo
          ensangrentado e inconsciente.

          Eider lo abraza y levanta su torso del suelo, Burack no
          responde, Parece muerto. Eider llora desconsoladamente,
          grita. Todo a su alrededor es destrucción y ruina. Hay
          gritos, cuerpos en el piso, fuego, caos.

50   INT. HOTEL. NOCHE

          NIKOLAI se encuentran comiendo hamburguesas y tomando
          gaseosas junto a los demás hackers, frente a las decenas de
          PC.

51   INT. AUTOMOVIL. AL MISMO TIEMPO

JEON se encuentra en el asiento delantero derecho del auto donde también se encuentra el volante.

El auto se encuentra estacionado.

Jeon tiene un auricular en su oreja donde puede escuchar y comunicarse con NIKOLAI

                    CROSS CUTTING JEON/NIKOLAI

          JEON
No se podía hackear el sistema.

          NIKOLAI
Es necesario que ingreses ahí. es difícil poder ingresar a su sistema

Jeon suelta la mano derecha que tenía agarrando el volante para agarrar el vaso térmico con café que se encuentra en el apoyabrazos a la izquierda de él.

Nikolái, observa los monitores enfrente suyo.

          NIKOLAI (CONT´D)
Hemos podido acceder a las cámaras de vigilancia del lugar.
Faltan minutos

          JEON
¡¿De este lugar?! o del próximo también?!

          NIKOLAI
Todos

52   EXT. CALLE. SEGUNDOS MÁS TARDE

JEON sale del auto y empieza a caminar con el café en la mano, mientras mantiene la conversación.

          JEON
Me voy acercando al lugar.

          NIKOLAI(OFF)
Llevas la memoria rubber ducky

          JEON
Si.

(CONTINÚA)

                         NIKOLAI(OFF)
              Perfecto. debes colocarlo en el
              puerto USB unos 20 segundos para
              copiar absolutamente todos los
              password y leer la memoria RAM del
              computador.

Al llegar a la esquina Jeon arroja el vaso de café en el
tacho de basura.

                         JEON
              ¡¿Ya es hora?! estoy en la esquina

                                   CROSS CUTTING NIKOLAI/WILL

53   INT.HOTEL.AL MISMO TIEMPO

NIKOLAI, ve por medio de su pc, que la Cámara de seguridad
del pasillo del edificio, se abre la puerta del
departamento.

54   INT/EXT. DEPARTAMENTO. AL MISMO TIEMPO

WILL sale de la puerta. Saluda a su esposa y entra en el
ascensor del edificio

                         NIKOLAI(OFF)
              Nuestro guardia de seguridad se
              dirige al garage. Desconecto la
              Cámara de seguridad del edificio y
              te abro la puerta electrónica para
              que ingreses al garage en 3,2,1

55   INT. GARAGE. SEGUNDOS MAS TARDE

La puerta del garage se abre de inmediato. JEON entra
rápidamente sin permitir que la puerta se abra demasiado. En
cuestión de segundos está detrás del automóvil. Una
camioneta modelo 2021 color negra.

Se cierra la puerta del garage.

Se abren las puertas del ascensor. Se ESCUCHAN PASOS
ACERCANDOSE estacionamiento.

                         JEON
              Me gusta mucho esta silueta coupé
              de este auto.

                                        (CONTINÚA)

Jeon saca llave del auto de su bolsillo. llave inteligente,
es replica de la llave que tiene el guardia de seguridad
para abrir su auto.

Desactiva el auto, abre el baúl de forma manual y levanta el
tapizado donde debajo de este se encuentra la rueda de
auxilio. Jeon entra ahí, al mismo tiempo que se pude
visualizar entrando al garage a WILL

                    NIKOLAI (OFF)
          rápido, rápido, rápido!

Cierra la puerta del baúl y baja nuevamente el tapizado
quedando debajo de este, junto con la rueda. el auto queda
nuevamente activado.

Will llega a su vehículo. No ha notado nada.

                    NIKOLAI(OFF)
          No hables.

          (beat)

          ya se encuentra frente al auto.
          está a punto de ingresar.

Will sale del garage conduciendo.

56   INT. BAUL DEL AUTO. SEGUNDOS MAS TARDE

                    JEON
          ¡¿Me vas a decir como clonaste la
          llave para que pueda ingresar al
          auto?!

                    NIKOLAI(OFF)
          Si te quedas callado!! si sigues
          hablando nos descubrirá

WILL enciende el estéreo. Suena la música a volumen alto

                    CROSS CUTTING JEON/NIKOLAI

                    JEON
          Aún estoy esperando la respuesta.

                    NIKOLAI
          ¡¿Estás cómodo ahí dentro?!

                    JEON
          He dormido con mejores compañías
          que una rueda.

                                        (CONTINÚA)

NIKOLAI ríe y mira su monitor y observa la dirección en la
que se mueve el vehículo

                    NIKOLAI
          Los estoy siguiendo con el
          satélite. están a 3.5 km de llegar.

                    JEON
          Sirve para cualquier auto clonar la
          llave

                    NIKOLAI
          Casi para todos. En verdad te
          Asombrarías al saber que esta marca
          de autos, solamente usa 6 llaves
          criptográficas para todos los
          automóviles que hay en el mundo
          circulando.

                    JEON
          ¡¿Y tus diste con las seis llaves
          criptográficas?!

                    NIKOLAI
          (asiente con la cabeza)

          Luego solamente restaba realizar
          ingeniería inversa. ¿Pensabas que
          existe una sola llave para cada
          vehículo?

57   EXT. ENTRADA PRINCIPAL DE VIGILANCIA. MINUTOS MÁS TARDE

          El Auto llega a destino. Se detiene frente a la seguridad
          del lugar. WILL baja la ventanilla y el acceso automático
          escanea su rostro. Se Levanta la barrera y prosigue su
          andar.

          A medida que el auto avanza hacia el garage se ve, la
          escalera señorial principal de la casa con más de 30
          escalones sobre la lomada del césped.

          Todo el complejo se encuentra rodeado de un jardín con
          árboles.

58   INT. PLAYA DE ESTACIONAMIENTO. MINUTOS MAS TARDE

          El vehículo es estacionado en el garage

          El garage es amplio.

          WILL baja y se va del mismo.

                                                    (CONTINÚA)

                         NIKOLAI(OFF)
              ¡El caballo ha entrado a troya! Sal
              con cuidado

JEON abre el baúl. Sigilosamente sale del auto y muy
despacito cierra. se queda agachado detrás del auto. La
oscuridad del lugar es intensa

                         JEON
              guíame, soy todo tuyo.

                         NIKOLAI(OFF)
              Acércate a la puerta del garage
              pasando por debajo de todos los
              autos así no te detecta la Cámara.
              Al llegar al último auto quédate
              debajo de el.

Jeon, empieza a desplazarse por debajo de los autos que se
encuentran en el lugar. Al llegar al auto más próximo a la
puerta de salida se detiene quedando abajo del mismo.

                         JEON
              ¿Y ahora?

                              CROSS CUTTING JEON/NIKOLAI

                         NIKOLAI
              Voy a desconectar 5 segundos la
              Cámara para que puedas salir del
              garage. Una vez fuera dirígete al
              hall principal. La puerta del hall
              también la mantendré abierta

              (beat)

              una vez dentro escóndete dentro de
              la chimenea

                         JEON
              ¿La chimenea?

                         NIKOLAI
              Quédate tranquilo, no está
              encendida.

Nikolái en su monitor observa dos guardias que se encuentran
custodiando

59   INT. HALL PRINCIPAL. AL MISMO TIEMPO

Uno de los guardias en planta baja ingresa en una sala. otro
está en el primer piso.

60   INT. GARAGE. SEGUNDOS DESPUÉS

                    NIKOLAI(OFF)
          Corto la Cámara en 3,2,1.(beat)

               Ya!

La Cámara del garage se corta

JEON sale de abajo del auto. abre la puerta del garage y
corre a toda prisa dirigiéndose al hall

61   INT. HALL PRINCIPAL/ PLANTA BAJA . MINUTOS MÁS TARDE

JEON logra entrar. Se encuentra en el hall principal. El
guardia del primer piso baja por la escalera.

Jeon empieza a correr hacia la chimenea sin hacer el mínimo
ruido.

El guardia termina de bajar la escalera segundos después que
jeon logra entrar en la chimenea sin ser visto

El guardia empieza a caminar por hall.

Jeon aprovecha sigilosamente para subir por la campana de la
chimenea unos metros para no ser visto por el guardia.

El guardia cruza el hall y pasa por delante de la chimenea.
Jeon no se mueve en absoluto, ni omite ruido alguno.

Sin sospechar nada, el guardia prosigue su marcha.

                              CROSS CUTTING NIKOLAI/JEON

NIKOLAI enciende las cámaras

                    NIKOLAI
          no hay guardias en el hall

Jeon baja de la campana de la chimenea.

                    JEON
          La próxima vez, trae los renos para
          bajar por la chimenea.

                                        (CONTINÚA)

                         NIKOLAI (OFF)
               A tu derecha está la puerta que te
               lleva al salón oval. El código de
               acceso es 2985. y para acceder a la
               laptop es apocc-013. Las cámaras
               del salón oval van a estar
               interrumpidas por 45 segundos.

                         JEON
                       (sorprendido)

               ¡¿Solo 45 segundos?!

                         NIKOLAI
               Más tiempo llamaríamos la atención.
               debes colocar el rubber en el
               computador solo unos 20 segundos.
               Eso alcanzará

               (beat)

               En 3,2,1..

Jeon se mueve hacia la puerta. Coloca el código.

La puerta se abre. Jeon ingresa. No ha sido visto por ningún
guardia

62   INT. ESCALERA DE MADERA. SEGUNDOS DESPUÉS

      JEON Baja rápidamente por la escalera.

63   INT. SALÓN OVAL. SEGUNDOS DESPUÉS

                         NIKOLAI (OFF)
               ¿Recuerdas donde habían guardado la
               laptop?

                         JEON
               Sí.

JEON se dirige al lugar donde esta guardada la laptop e
ingresa el código. Mira para todos lados.

                         JEON(CONT´D)
               ¿cuál es el password para abrirla?

                         NIKOLAI (OFF)
               No hace falta. Tu solo b coloca el
               rubber.

Mueve la pierna de manera ansiosa. Jeon observa cómo se
están copiando datos desde el computador. observa la
información

                    JEON
               (se agarra la cabeza)

          Quieren gobernar el mundo. generar
          el caos a nivel mundial

                    NIKOLAI (OFF)
          No tenemos mucho más tiempo. Faltan
          20 segundos. Sal ya!

64   INT. CENTRO DE MONITOREO Y CONTROL. AL MISMO TIEMPO

       Desde el centro de control se percatan que las cámaras del
       salón oval están apagadas. El guardia de seguridad da la
       alerta por el handy.

       El guardia más próximo al salón oval se aproximan.

65   INT. SALÓN OVAL. SEGUNDOS DESPUÉS

       JEON con total ansiedad, observa la cantidad completada. 85%

                         NIKOLAI(OFF)
                    dieron la alarma. se acercan
                    guardias.

                         JEON
                    Vamos, vamos....

JEON, escucha COMO SE ABRE LA PUERTA. Escucha LOS PASOS
BAJANDO POR LA ESCALERA vemos transferencia de datos. 95%

El guardia entra en el salón oval. Jeon le dispara con el
arma supresor de ruido silenciador. El guardia muere.

la transferencia esta 100% completada. Jeon desconecta el
rubber. lo guarda en su bolsillo.

Los guardias vuelven a tener conexión en las cámaras. Ven al
guardia muerto. Dan la alerta

Jeon, trepa al entrepiso-galería. Sube a un mobiliario y
dispara contra la ventana. Termina de romper el vidrio con
el brazo y sale a la azotea.

66   EXT. TECHO/AZOTEA. MINUTOS MÁS TARDE

Jeon Corre por el techo. La seguridad empieza a dispararle.
Jeon salta desde el techo y cae sobres las escaleras.

67   EXT. JARDIN.MINUTOS MÁS TARDE

Cogiendo en una de sus piernas por el impacto del salto,
JEON se esconde en el jardín oscuro que rodea el complejo.
Se detiene unos momentos en el muro del cerco césped.

Los guardias empiezan a buscarlo por todos lados.

Jeon corre agachado y entre las sombras del lugar, pero eso
no impide que sea detectado por las cámaras. La seguridad da
la alerta. Comienzan los disparos contra Jeon. logra cruzar
al terreno de al lado y continuar.

68   EXT. CALLE. MINUTOS MÁS TARDE

Jeon corre unos 200 metros en dirección a la avenida más
cercana. corre lo más rápido posible, con la seguridad
detrás que lo persigue. Uno de ellos es WILL.

La seguridad trata de no abrir fuego al estar en el medio de
la calle. Esconden las armas.

69   INT. BAR. MINUTOS MÁS TARDE

Jeon sigue corriendo y entra por la puerta trasera a un bar.
Se quita el auricular de su oído y lo arroja. choca con la
gente presente del lugar. Cae al piso, se levanta rápido y
sigue. La seguridad lo ha perdido de vista.

70   EXT. AVENIDA. MINUTOS MÁS TARDE

JEON vuelve a salir, pero por la puerta principal.

WILL está en la esquina y lo ve. lo empieza a seguir
nuevamente. Jeon agarra una bicicleta que está apoyada sobre
el poste eléctrico y empieza a pedalear a velocidad máxima.
Mira para atrás, parece que se escapa nuevamente del alcance
de Will, cuando en un cruce de esquina, es atropellado por
un automovilista que circula.

Jeon queda tendido en el piso. El primero en llegar es Will,
se acerca, le toma el puso en el cuello.

                         WILL
                    (a través del micrófono)
               Fue atropellado. ¡¡Ha muerto!!
               Confirmo que el sospechoso ha
               muerto.

La multitud morbosa se acerca espantada a observar. La
multitud rodea el cuerpo

Will revisa a Jeon.

Los demás guardias están a 60 metros del hecho. Detienen su
marcha, caminan lentamente entre la gente hacia el cuerpo de
Jeon.

                         WILL (CONT´D)
                    (a través del micrófono)
               No tiene nada entre sus
               pertenencias.

                                   CROSS CUTTING NIKOLAI/JEON

El cuerpo de Jeon está tendido sin vida en el piso de la
calle.

Nikolái se queda mirando atónito la imagen del monitor. se
queda congelado y perplejo. Golpea con furia el teclado.
Mira para abajo, se agarra la cabeza.

71   INT. HOSPITAL- JAPÓN. DIA

BURACK se encuentra en el hospital de Tokio. Acostado de
manera inconsciente aún en la cama en terapia intensiva.

Al lado de él se encuentran SAM, EIDER y el médico

                         MEDICO
               Estás 24hs son críticas. vamos a
               esperar su evolución

                         EIDER
               (acongojada, y acariciando su
               rostro)

               Ahora entiendo porque se transforma
               en algo personal.

                         SAM
               Hay que dejarlo descansar. ven,
               vamos afuera

72   INT.PASILLO HOSPITAL. MINUTOS DESPUÉS

SAM y EIDER caminan por el pasillo del hospital.

> SAM
> Mañana tenemos que viajar. Me
> acaban de llamar desde nuestra
> agencia.
>
> (beat)
>
> Al parecer la agencia asiática ha
> tratado de vulnerar información.
> Han tratado de desclasificar y
> obtener información privada. Les ha
> salido mal.

Sam se detiene y saca de su bolsillo el celular. Muestra a
Eider la Foto de JEON muerto.

> SAM (CONT´D)
> Uno de sus agentes ha muerto.

Sam guarda su celular

> SAM (CONT´D)
> parecer no solamente nosotros
> estamos detrás de esto, los
> servicios secretos de otras
> naciones también están detrás

> EIDER
> ¡¿Exactamente detrás de que
> estamos?!

> SAM
> La agencia asiática ha tratado de
> vulnerar e ingresar en lo que
> nosotros internamente denominamos
> la mesa chica

> EIDER
> ¿Mesa chica?

> SAM
> Estamos detrás de ellos hace
> tiempo. Allí se reúnen en secreto
> los 14 ricos más importantes e
> influyentes del planeta. La elite
> mundial

Sam introduce una moneda en la máquina de café

(CONTINÚA)

                         SAM(CONT´D)
               ¿Quieres uno?

Eider niega con la cabeza. Sam recoge su café y prosiguen
caminando juntos

                         EIDER
               Que información ha tratado de
               vulnerar.

                         SAM
               No sabemos siquiera donde está esa
               información que ha tratado de
               obtener.

Toma un sorbo de café

                         SAM(CONT´D)
               Por eso tenemos que viajar. Tenemos
               que encontrar donde está esa
               información, que trataban de
               investigar y que valiosa debe haber
               sido para que arriesgara su vida al
               ingresar ahí.

Eider respira profundamente. Ambos se dirigen hacia la
salida del hospital.

73   EXT. ESTACIÓN DE TREN. DIA

       Will se baja del tren al llegar a la estación, lleva consigo
       bajo su hombro derecho una maleta.

       MONTAGE - VARIOUS

       A) EXT.ESCALERAS DE LA ESTACIÓN. DIA- WILL Sube por las
       escaleras que permiten cruzar las vías del tren dando salida
       a la avenida

       B)EXT.AVENIDA. MINUTOS DESPUÉS- WILL cruza la avenida por la
       esquina y se dirige a una taberna que se encuentra en mitad
       de cuadra. Ingresa al lugar

       END OF MONTAGE

74   INT. TABERNA. DIA

       En la mesa que está próxima a la barra del bar se encuentra
       sentado WON, fumando con su taza de café. El lugar está
       prácticamente vacío, salvo por una persona que toma café
       mientras lee el diario en la barra.

CONTINÚA:

WILL se acerca a la mesa

                    WON
          Will.

                    WILL
          Señor Won, como está?!

Will procede a sentarse apoyando sobre la mesa la maleta.

                    WON
          ¡¿Estás solo verdad?!

Will asiente con la cabeza.

La mesera se acerca con la jara de café.

                    MESERA
          ¿Le sirvo café?!

                    WILL
          Por favor

La mesera le sirve café en su taza, al mismo tiempo que Won
saca el humo del cigarrillo de su boca.

La mesera se retira. Will saca de su bolsillo una petaca de
licor y lo vierte en su café.

                    WON
          No es temprano para andar tomando
          licor a esta hora

Will sonríe. Agarra la maleta que esta sobre la mesa y saca
varias fotos. son la imagen de jeon. Se la enseña a Won

                    WILL
          Es la persona que ha ingresado.

                    WON
          (observa atentamente)

          Ya me avisaron que era del servicio
          secreto asiático. intentando
          extraer nuestra información

                    WON (CONT´D)
          (respira hondo y exhala)
          Después de un análisis, los peritos
          informáticos me afirmaron ayer por
          la noche que efectivamente han
          extraído información.

Won lleva el cigarrillo a su boca

                                        (CONTINÚA)

                         WON (CONT´D)
              No hay rastros de la copia,
              ¿verdad?!

                         WILL
              Lo vi salir del bar y lo empecé a
              seguir. Al cruzar la esquina fue
              atropellado. Me acerque, fui el
              primero, lo revise, pero no llevaba
              nada.

Won, se recuesta hacia atrás sobre el respaldo de su asiento
y exhala profundamente el humo de su cigarro.

                         WON
              Dentro de nuestro recinto no han
              encontrado nada.

              ¡¿Lo han perdido de vista en algún
              momento?!

Will toma otro sorbo de café, y asiente con la cabeza

                         WILL
              Lo volví a encontrar cuando salió
              del bar.

                         WON
              ¡¿Han investigado el bar?!

                         WILL
              No

Won mira hacia afuera por la ventana

                         WON
              quizá lo dejo allí.

Won apaga su cigarrillo en el cenicero y regresa su mirada a
Will

                         WON(CONT´D)
              En algún lado tiene que estar.
              investiguen de inmediato.

75   INT. BAR. NOCHE

En la barra del bar SAM y EIDER parados, conversando con el
barman del lugar

                        SAM
          Necesito por favor hablar con el
          dueño del lugar de inmediato.

                        BARMAN
          Quien los busca

Sam presenta su credencial.

                        BARMAN
          Aguarden un segundo aquí.

                        EIDER
                   (susurra a sam)

          Veo una sola Cámara en el lugar. No
          creo que podamos ver mucho aquí

EL barman llega con el dueño del lugar. Los presenta y se
retira.

                        DUEÑO DEL BAR
          Buenas noches

                        SAM
          Una persona ingreso hace unos pocos
          días al lugar sobresaltado. La
          persona termino muerta en un
          accidente de tránsito a 150 metros
          de aquí. Necesitamos que nos preste
          su cámara de seguridad. ¿cuantas
          cámaras tiene?

                        DUEÑO DEL BAR
          Dos. la que ve ahí arriba de la
          puerta y la otra que graba la caja

El dueño del bar se dirige hacia a un costado donde tiene el
monitor de la cámara de seguridad. Busca el momento donde
ingreso Jeon

                        DUEÑO DEL BAR
          Yo estaba cerrando la caja cuando
          sorpresivamente ingreso nervioso
          corriendo.

El dueño sigue buscando

                        DUEÑO DEL BAR (CONT´D)
          Ahí está el momento que ingreso

Sam y Eider observan detenidamente el ingreso de Jeon al
lugar y el momento al chocarse con la gente

                                              (CONTINÚA)

                              EIDER
                    Podría pasarla en cámara lenta y
                    ampliar

                              SAM
                    ¡¿Que sospechas?!

                              EIDER.
                    Quizá al chocarse, o al caerse al
                    piso, algo se le pudo haber caído,
                    sin que se dé cuenta

Sam y Eider miran atentamente el monitor. observan cuadro
por cuadro. no encuentran nada.

                              EIDER
                    Nada

                              SAM
                    (se muerde los labios de bronca)

                    Ni siquiera habló con alguien o
                    tuvo contacto alguno

Ambos siguen observando hasta que Jeon abre la puerta y sale
del lugar.

                              EIDER
                    Definitivamente no veo nada.

Sam junta las palmas de sus manos y la lleva hacia su cara
como si estuviera rezando. Respira hondo.

Eider dirige su mirada al dueño del bar

                              EIDER
                    ¡¿Hay cámaras exteriores del otro
                    lado de la puerta?!

                              DUEÑO DEL BAR
                    No, lo siento. como dije
                    anteriormente, solo estas dos
                    cámaras.

Eider y Sam vuelven a ver la secuencia de Jeon, pero no
visualizan nada. Ambos se marchan

76   EXT. AVENIDA. NOCHE

EIDER y SAM, salen del bar por la puerta delantera. Sam enciende un cigarrillo y caminan un par de metros hacia su derecha y se detienen frente a la ventana del bar

                    EIDER
          Salió por aquí. por esta puerta.

                    SAM
          Correcto, y se dirigió en aquella
          dirección.

Sam y Eiden siguen parados, conversando

                    EIDER
          ¡¿Como puede ser que no haya
          cámaras callejeras?!

Sam se queda callado mientras asiente con la cabeza.

                    SAM
          (respira hondo)

          No sé dónde puede estar la
          información o la persona que la
          tenga.

                    EIDER
          ¡¿Y si la seguridad de la mesa
          chica, recupero la información?!

                    SAM
          Dudo. De lo contrario no hubiese
          estado escapando tan nervioso como
          lo acabamos de ver. Además, no lo
          hubiesen perseguido si habían
          recuperado la información

          (beat)

          Hay que encontrar a la persona que
          tenga esa información antes que lo
          hagan ellos.

Sam empieza a mirar para todos lados. Se queda en el lugar conversando con Eider.

WILL llega con su auto. Estaciona en la vereda de enfrente al bar. Baja del auto y aguarda el semáforo para cruzar. Ingresa al bar por la puerta trasera.

77   INT. BAR. NOCHE

WILL se sienta en la mesa ubicada al lado del billar. La
mesera se acerca y le trae un chopp de cerveza.

                    WILL
          Se lleno de gente esté lugar desde
          que un hombre murió.

                    MESERA
          Pareciera que sí. igualmente, no
          fue aquí dentro, fue a unos metros
          de aquí.

                    WILL
          Lo sé. yo estaba presente cuando
          ocurrió. ¡¿Usted estaba?!

                    MESERA
          Si, mi turno es nocturno. ¡¿Usted
          estaba aquí dentro?!

                    WILL
          No. estaba dentro del auto, estaba
          a punto de bajar para venir aquí a
          tomar una cerveza como ahora.
          Escuche gritos y tumulto de gente.
          Cuando me acerque fue horrible ver
          el cuerpo.

          (beat)

          quede shockeado

                    MESERA
          Todos quedamos muy conmocionados

                    WILL
          (tomando un sorbo de cerveza)

          Pensé que salía corriendo porque
          había robado el bar

                    MESERA
          No. no sé qué pasó. por ahí venía
          de robar en algún otro lado, porque
          entro como si alguien lo
          persiguiera.

                    WILL
          ¡¿Sería un delincuente?! traía arma
          consigo?!

(CONTINÚA)

                    MESERA
          No vi nada que llevara encima. A
          decir verdad, así como entro,
          salió. no estuvo aquí ni más de
          medio minuto.

                    WILL
          (hace fondo blanco)

          A veces la ficción supera la
          realidad

                    MESERA
          (asiente con la cabeza)

          Que rápido se ha tomado la cerveza.
          Le sirvo más.

                    WILL
          Por favor.

La MESERA se va a la barra a buscar otro chopp. Will mira
todo el bar. observa que hay cámaras dentro del bar. La
mesera se acerca con la cerveza y se lo sirve.

                    WILL
          Gracias. Se puede fumar aquí,
          ¿verdad?

                    MESERA
          No aquí adentro. Afuera

                    WILL
          (saca un cigarrillo)

          ¡¿No se supo quién era la persona?!

                    MESERA
          Nadie lo conocía. Entiendo que para
          eso vino la policía

                    WILL
          ¿La policía?!

                    MESERA
          (señala con el dedo la ventana)

          A ver la cinta de video de la
          Cámara del bar. Estuvieron hablando
          un tiempo con el dueño

Will ve a través de la ventana a EIDER y a SAM que
conversan. Se paraliza por completo. La mesera se retira.

                                              (CONTINÚA)

Will llama por teléfono a Won

                    WILL
          Señor Won, La policía está aquí
          investigando. vieron la Cámara de
          seguridad del lugar. No sé qué
          pudieron llegar a ver.

                    WON (OFF)
          ¡¿Ellos saben dónde está lo que
          estamos buscando?!

                    WILL
          No sé.

                    WON (OFF)
          Seguilos, a ver dónde van.

Will corta la llamada. Sigue tomando la cerveza con los ojos
puestos en EIDER y SAM al otro lado de la calle. Ambos dos
empiezan a caminar. Will abona las cervezas y se dirige a su
automóvil.

78   INT. AUTOMÓVIL. NOCHE

WILL conduce su automóvil y sigue el auto donde van Eider y
Sam. Conduce varias cuadras.

Al llegar al semáforo en rojo los autos se detienen. EIDER,
quien es la que maneja, acelera pasando el semáforo rojo.
Will no puede hacerlo ya que tiene varios autos por delante
de él. se mete de contramano y acelerar esquivando los
coches de enfrente.

79   EXT. AVENIDA. NOCHE

Ambos coches corren a toda velocidad. SAM empieza a disparar
contra el auto de WILL. Varios disparos impactan en el auto,
uno de ellos cerca del tanque de nafta.

En un movimiento brusco de EIDER al doblar, Sam se le cae su
pistola. Will aprovecha el cese de los disparos para
acercarse y chocarles el auto. El efecto látigo provoca que
Eider al conducir   pierda autonomía en el auto. choca de
frente contra la pared de una casa. Ambos quedan
conscientes. Eider con algunas heridas en el rostro.

Al mismo tiempo que el auto de Will empieza a incendiarse,
producto de las balas de Sam

                                              (CONTINÚA)

Will frena de golpe y sale de su auto. lo ve en llamas. Sam toma la pistola de Eider y sale de su auto abriendo fuego. se acerca hasta aproximarse.

Will se cubre de los disparos detrás de su auto logrando alejarse unos metros. El auto de Will explota logrando una onda expansiva, haciendo que Will y Sam salgan despedidos hacia atrás.

La pistola vuelve a escaparse de las manos de Sam quedando a un metro.

Eider sale del auto en busca de Sam que se encuentra aturdido tendido en el piso, agarra la pistola y comienza a disparar contra Will quien también aturdido, corre logrando escapar.

Eider va hacia el auto, toma el celular Y llama a la emergencia de la agencia

                    EIDER
          Necesito una ambulancia

Sam con dificultad, se pone de pie y camina lentamente y muy dolorido. Se dirige hacia Eider quien está terminando de hablar.

Eider corta su llamada

                    SAM
          Lo has podido ver con claridad.

                    EIDER
          No. tu?!

                    SAM
          Tampoco

Ambos se sientan en el cordón de la calle a esperar la ambulancia.

80   INT.OFICINA.DIA

WON está sentado en el escritorio de su oficina. Con él se encuentra ANÁS.

La PC está encendida y hay varios papeles desparramados encima del escritorio. Agarra una birome y escribe sobre un cuaderno.

Suena su celular. Lo busca entre los papeles arriba de su escritorio. Atiende mientras sigue escribiendo

                                        (CONTINÚA)

                    WON
          Hola

                    VOZ ANONIMA (OFF)
               (voz distorsionada)

          Usted planificó el atentado en
          Tokio

Won inmediatamente suelta la birome y levanta el cabeza
totalmente sorprendido.

Lo mira a Anás en un acto desconcertado

                    WON
          ¿Quién habla?!

                    VOZ ANONIMA (OFF)
               (voz distorsionada)

          ¿Le interesa saber?

                    WON
          Claro

                    VOZ ANONIMA (OFF)
                 (voz distorsionada)
          ¿Que le interesa saber?

                    WON
          ¡¿Quién es usted?!

                    VOZ ANONIMA (OFF)
                 (voz distorsionada)
          Y no le interesa saber si he leído
          toda la información rodaba.

                    WON
          (cierra su puño con bronca)

          ¿Que es lo que quiere?

                    VOZ ANONIMA (OFF)
                 (voz distorsionada)
          Atentado en Tokio, ley marcial,
          disturbios.

                    WON
          (golpea su escritorio)

          ¡Basta ya! No sé de qué me habla

                                        (CONTINÚA)

                        VOZ ANONIMA (OFF)
                     (voz distorsionada)
          De la información que le fue robada
          y que tan desesperadamente imagino
          está buscando.

Won, se pone de pie y comienza a caminar nervioso dentro de
la oficina

                        WON
          ¡¿Como has conseguido mi número?!

                        VOZ ANONIMA (OFF)
                     (voz distorsionada)
           Adivine en manos de quien está la
          información

Se producen unos segundos de silencio.

                        WON
          Déjeme adivinar. De usted....

          (beat)

          y seguramente me va a chantajear.

                        VOZ ANONIMA (OFF)
                     (voz distorsionada)
          Bitcoin

                        WON
          ¡¿Como ha dicho?!

                        VOZ ANONIMA (OFF)
                     (voz distorsionada)
          Doscientos cincuenta millones de
          dólares en bitcoins

                        WON
          (detiene su caminar)

          ¡¿Bitcoin?! ¡¿Quieres hablar de
          Bitcoin?! acaso sabes con quien
          estás hablando?! No te conviene
          jugar conmigo. Podrías aparecer en
          la portada de todos los diarios y
          no precisamente vivo.

                        VOZ ANONIMA (OFF)
                     (voz distorsionada)
          Lo único que va a aparecer en la
          portada de todos los diarios es la
          información que tengo, junto con su
                        (MÁS)   (CONTINÚA)

                         VOZ ANONIMA (OFF) (continúa)
               rostro y organización si no me
               deposita mis doscientos cincuenta
               millones de dólares dentro de las
               48 hs.

                         WON
               ¡¿Y cómo tengo certeza que no
               entregaras esa información?!

Nadie contesta. la llamada se corta. Won se sienta, mira
para abajo y frota su mano por la cara. Masajea su cien y su
frente con los dedos. Se queda pensando. respira preocupado
mirando a Anás.

                         ANÁS
               ¿Que sucedió?!

Won no le responde y realiza una llamada

                         WON
               Will. Alguien ha encontrado antes
               que nosotros la información.
               ¡Necesito que te ocupes del tema
               ya!

Con cara de enojo y elevando la voz

                         WON (CONT´D)
               Y averigua cómo fue posible que lo
               haya encontrado antes que nosotros.

Corta la llamada abruptamente y arroja contra la pared con
total violencia su aparato móvil.

Anás queda estupefacto mirando

81   EXT. AMARRA NAUTICA. DIA

EIDER camina por la amarra central de la marina

Llega a un yate amarrado de popa no muy lujoso

                         EIDER
               ¿Es tuyo?!

                         SAM
               Prestado.

Eider entra al barco.

82   INT. BARCO-COCKPIT. DIA

EIDER se sube y se sienta en la mesa del cockpit, el monitor
de la TV de fondo muestra las noticias donde suceden
rebeliones, protestas, marchas y enfrentamiento de la gente
con la policía en diferentes partes del mundo

                        SAM
          ¡¿Como te sientes de ayer?!

                        EIDER
               Dolorida

                        SAM

Se pone de pie en busca de un trago y sirve en el vaso a
Eider

                        SAM (CONT´D)
               Burack ya fue dado de alta. recién
               se comunicaron conmigo. Ya se
               encuentra operativo.

                        EIDER
                    (entristecida)

               Me ha cambiado la vida muy de
               golpe. Hasta hace poco simplemente
               era estudiante y ahora la muerte me
               ha pasado dos veces cerca

  SAM Hace unos segundos de silencio

                        SAM
               se ha complicado mucho más de lo
               que esperábamos

Vuelve a hacer unos segundos de silencio.

Suena el celular de Eider.

                        EIDER
               Hola.

                        VOZ ANONIMA (OFF)
                    (voz distorsionada)

               ¡¿Que estás buscando exactamente?!

Eider extrañada se queda sin responder

(CONTINÚA)

                    VOZ ANONIMA (OFF) (CONT´D)
          (voz distorsionada)

          No sé si estará al tanto del
          atentado que se ha producido en
          Tokio. ¡¿Te interesaría saber quién
          fue?!

                    EIDER
          ¿Quién habla?!

Se producen miradas tensas entre Eider Y Sam

                    VOZ ANONIMA (OFF)
          (voz distorsionada)

          No es casual que haya un cierto
          temor en la gente, irritación,
          rebeliones en varios países del
          mundo....

                    EIDER
          ¿Quién carajos habla?!

Eider coloca en alta voz la conversación

                    VOZ ANONIMA (OFF)
          (voz distorsionada)

          No es casual tampoco que surja
          también con más auge un pensamiento
          positivista cada vez más grande

                    EIDER
          ¡¿Pensamiento positivista?!

                    VOZ ANONIMA (OFF)
          (voz distorsionada)

          Aquel por el cual los derechos son
          otorgados por el estado. La
          propiedad ya no es de quien la
          hizo, más bien de quien el estado
          se digne a reconocer. Y con eso
          esperar el crecimiento del estado

                    EIDER
          De que carajo estás hablando...

                    VOZ ANONIMA (OFF)
          (voz distorsionada)

Ríe de forma burlona
                    (MÁS)   (CONTINÚA)

                    VOZ ANONIMA (OFF) (continúa)
          El estado es la elite. El
          positivismo a lo largo de los años
          ha evolucionado, convirtiendo a la
          ciencia en religión, en una verdad
          indiscutible. pero la ciencia es
          una institución fomentada y guiada
          por un estado. Por la elite. Por
          sus intereses. No te equivoques, el
          estado no es la gente.

                    EIDER
          ¡¿A dónde quieres llegar con todo
          esto?!

                    VOZ ANONIMA (OFF)
          (voz distorsionada)

          ¡¿Te interesa saber quién ha
          provocado el atentado en Tokio y
          porque lo han hecho?!

                    EIDER
          ¡¿Que sabes tu?!

                    VOZ ANONIMA (OFF)
          (voz distorsionada)

          Todo. Tengo toda la información que
          ustedes están buscando. Si quieres
          saber cuál es su próximo objetivo,
          estoy dispuesto a entregarte toda
          la información.

                    EIDER
          ¿A cambio?!...

                    VOZ ANONIMA (OFF)
          (voz distorsionada)

          Un pago previamente de doscientos
          cincuenta millones de dólares en
          bitcoins, y toda la información es
          tuya.

                    EIDER
          ¡¿Hablas en serio?! ¡¿Es broma?!

                    VOZ ANONIMA (OFF)
          (voz distorsionada)

          ¡¿Quieres saber quién mato a JEON?!

Se producen miradas tensas entre Sam y Eider.

                                                        (CONTINÚA)

                    VOZ ANONIMA (OFF)(CONT´D)
               (voz distorsionada)

          envíame el pago dentro de las 48
          hs. Te llamaré luego dando la
          indicación de depósito

La llamada se corta.

Sam se sienta al lado de Eider Y enciende su tablet. Se
comunican con Wondering Wheter a través de videollamada.

A WONDERING WHETER se lo ve siempre a través de la
videollamada

                    SAM
          Necesito que con urgencia me
          rastrees el siguiente número
          telefónico que ingreso
          recientemente al teléfono de Eider.

                    WONDERING WHETER
          Eso va a demorar...

Vemos a través de la tablet que Wondering Wheter está
mirando los diferentes pc de su oficina

                    EIDER
          ¡¿Como funciona bitcoin?!

                    WONDERING WHETER
               (sorprendido)
          Perdón.

                    EIDER
          Nos están chantajeando con la
          entrega de información a cambio de
          pago con bitcoin

                    WONDERING WHETER
          Seguramente porque no quedan
          registro alguno

                    SAM
          ¿Como es eso?!

                    WONDERING WHETER
          Las monedas virtuales se
          transfieren virtualmente sin poder
          llegar a ser rastreable.

Sam se agarra la cara preocupado y respira hondo

                                        (CONTINÚA)

                    SAM
          ¡¿Nosotros le transferimos el
          dinero virtual en bitcoin y nunca
          vamos a saber a quién?!

                    WONDERING WHETER
          Exacto. Se ha utilizado mucho para
          el lavado de dinero y contrabando.
          Podían blanquear sin preguntar su
          procedencia y transferir en el
          completo anonimato.

                    SAM
          Por eso los gobiernos lo restringen

                    WONDERING WHETER
                 (asiente con la cabeza)

          Además, es Descentralizado. Pueden
          perder el control.

Wondering Wheter Sigue mirando sus monitores y tecleando en
su PC

                    EIDER
          ¡¿Y no se ha podido hacker?!

                    WONDERING WHETER
          Aún hoy no hubo hacker en el mundo
          que lo haya podido hacer. De hecho,
          existen los secuestros virtuales.
          Hackers que roban información a las
          empresas, y exigen el pago en
          criptodivisas como extorción para
          devolver la información. Es
          irrastreable y anónimo.

                    EIDER
          ¡¿Esa transacción virtual, cuando
          se haga, no la puedes hackear o
          rastrear para saber quien es el que
          nos está chantajeando?!

                    WONDERING WHETER
          No, pero lo que sí puedo hacer es
          darte la ubicación exacta del
          teléfono que se ha comunicado
          contigo.

Wondering Wheter sonríe

WONDERING WHETER(CONT´D)
A 30 minutos de ustedes...

Sam Y Eider se ponen de pie rápidamente y se dirigen al
automóvil.

83   INT. DEPARTAMENTO/LIVING. DIA

El lugar tiene poca luz. está todo cerrado. La poca luz que
entra es por las rendijas de la ventana que se encuentran
semicerradas.

Se ve a una persona de espalda sin poder identificar quien
es, sentado enfrente a la computadora.

Suena el timbre, la persona dentro del departamento se
acerca a ver quién es. Ve a Eider. la reconoce. Sin
contestar agarra la campera arriba de la silla, coloca el
rubber ducky dentro del bolsillo, abre un cajón y agarra la
pistola. se coloca una gorra y en silencio abre la ventana y
sale por ella.

84   EXT.ESCALERA AUXILIO.MINUTOS DESPUÉS

Empieza a subir por las escaleras hasta llegar a la terraza.

SAM se encuentra en la calle y observa como el sospechoso se
escapa por las escaleras. Se lo comunica a EIDER por radio.

                    SAM
                (gritando)
          Se escapa por las escaleras
          exteriores. se dirige hacia la
          terraza.

El sospechoso termina de subir por las escaleras y llega a
la terraza.

Aún no visualizamos quien es

85   EXT. TERRAZA EDIFICIO.MINUTOS DESPUÉS

Al llegar a la terraza observa todo a su alrededor, duda
para donde correr. Ve acercarse a Eider y a los otros
agentes. Decide correr en dirección opuesta y salta a la
terraza de al lado. corre por los techos. Eider y los otros
agentes van detrás.

El sospechoso va saltando de techo en techo. Camina por la
cornisa de treinta cm de ancho hasta el final de esta y
salta nuevamente al terreno de al lado.

                                          (CONTINÚA)

Se detiene. Piensa que los perdió. un disparo contra rasante pasa cerca de él. los agentes abren fuego. El sospechoso Se enconde.

Los disparos se detienen por unos instantes. Eider y los agentes están próximos, a 20 metros. El sospechoso nota una ventana terraza a pocos metros de donde se Encuentra el.

Aprovecha el cese de fuego, corre a abrirlo. los disparos vuelven a comenzar. Recibe un impacto de bala en el tobillo izquierdo.

A pesar del impacto, con mucha rapidez abre la ventana terraza y baja entrando al lugar. Es la ventana-terraza de un shopping. EIDER y los agentes entran por el mismo lugar.

> EIDER
> (Voz agitada)
> SAM. SAM... entro a un Shopping.
> Estamos trás él

86   INT. SHOOPING. MINUTOS DESPÚES

Cojeando, el sospechoso se acerca a las escaleras mecánicas. Empuja gente al bajar corriendo por las escaleras.

Llega a la puerta de salida y sale a la calle.

87   EXT. CALLE.MINUTOS DESPUÉS

Se acerca a un motociclista. Le apunta con el arma y lo obliga a que arranque. Ambos dos arrancan arriba de la moto.

EIDER sale atrás con los agentes.

> EIDER
> Sam, secuestro una moto. ¡¡Tiene a
> un rehén!!

La moto se mueve a toda velocidad. SAM lo persigue con el auto. Al llegar a la esquina, la moto toma la avenida de contramano. Los autos pasan rozando.

El rehén conductor, nervioso por la situación y no pudiendo controlar la excesiva velocidad pierde la firmeza del manubrio de la moto. Sam abre fuego y dispara sobre la rueda de la moto perdiendo estabilidad y rumbo, provocando que la moto suba a la vereda e ingrese a un local rompiendo el vidrio.

(CONTINÚA)

El primero en salir volando de la moto es el sospechoso que
se encontraba sentado atrás. El rehén queda herido, tirado
arriba del sospechoso. La moto destrozada. Vidrios rotos
alrededor. Ambos están vivos, pero inmóvil por el dolor

Sam se baja del auto y corre hacia el sospechoso. Lo atrapa.
EIDER Y los demás agentes también llegan.

88   INT. SALA INTERROGATORIO. NOCHE

La sala es oscura, la luz azul proveniente del proyector es
tenue.

EIDER y SAM con 3 agentes más, se encuentran sentados a
metros de distancia, frente a la silla del sospechoso.

La puerta se abre. Un guardia entra con el sospechoso
encapuchado, esposado. Lo sientan en la silla.

El guardia le acerca a Sam el pendrive.

                    SAM
          Enciendan la Cámara para grabar por
          favor.

Las cámaras se encienden.

El sospechoso tiene la cabeza agacha entre sus piernas.
levanta su cabeza para mirar al frente. Le quitan la
capucha. Está todo ensangrentado y cortado su rostro.
podemos ver que es WILL.

                    SAM(CONT´D)
          Su nombre por favor.

                    WILL
               (escupe sangre)
          Soy guardia de seguridad

                    SAM
          Su nombre

A Will le tiemblan sus manos. casi no tiene fuerzas para
hablar. susurra

                    WILL
          Will.

                    SAM
          ¿!Seguridad de donde?!

                         WILL
                  (señalando el pendrive)
            De donde obtuve eso.

Sus manos están temblando. Vuelve a escupir sangre.

Sam se pone de pie y coloca el pendrive en la computadora y
observa toda la información mientras va leyendo.

                         SAM
            ¡¿Terrorismo biológico?!
            ¡¿Pandemia, confinamiento, ley
            marcial?!

                         WILL
            Yo solo soy un guardia. Yo era el
            único que custodiaba dentro del
            recinto. El resto de la seguridad
            custodiaban el exterior cada vez
            que ellos se reúnen.

                         EIDER
                  (interrumpe)
            ¡¿Quiénes son ellos?!

                         WILL
            Lo que planearon todo esto. El
            atentado en Japón, el terrorismo
            biologico, caos..

            (beat)

            Son hombres ricos y más influyentes
            del mundo. Se hacen llamar la mesa
            chica.... Ellos se reúnen con
            habitualidad. Al principio hablaban
            de economía o proyectos, cosas
            normales. Pero un día todo cambio.

Eider le acerca un pañuelo. WILL se limpia la sangre del
rostro.

                         WILL(CONT´D)
            Empezaron a hablar de cosas atroces
            con total normalidad, como si yo no
            estuviera presente.

                         EIDER
            Cosas... ¡¿Qué cosas?!

                         WILL
                  (agitado)
            Diseñar un virus y provocar un
            terrorismo biológico y consecuencia
                      (MÁS)   (CONTINÚA)

                         WILL (continúa)
             de ello, una pandemia. Hablaban de
             que el mundo no estaba preparado
             para afrontar una pandemia

                         SAM
             ¡¿Empresas farmacéuticas...acaso
             para beneficiarse en sus acciones?!

                         WILL
             No lo sé. Ellos insistían en que lo
             más problemático que puede existir
             en el mundo solo por debajo de una
             guerra nuclear, son estás
             epidemias.

Se produce unos segundos de silencio. A Will le cuesta
hablar. Se toma las costillas por el dolor.

                         WILL(CONT´D)
             ¡¿No lo ven?! quieren provocar
             desorden económico en los países,
             caos social, miedo, angustia en la
             gente, para debilitarlos. Los
             gobiernos promueven como solución
             el confinamiento de sus ciudadanos
             que se resisten irritados en
             protestas

Eider se empieza a incomodar en su silla. Sam lo mira
atentamente

                         WILL(CONT´D)
             Encierran a sus ciudadanos, con
             leyes marciales provocando colapsos
             económicos, desempleos.
             Para luego generar algo mucho peor

Sam se acerca a la jarra de café y se sirve en la taza.
Camina con su taza de café en manos hacia la silla donde
está Will, se inclina hasta detener sus ojos desafiantes
frente a los de él

                         SAM
             ¡¿Algo peor como qué?!

Will no responde. Sam vuelve a su asiento y pregunta de
nuevo

                         SAM(CONT´D)
             Usted dijo que solo había algo peor
             que una pandemia como esta

Will levanta la vista del piso y mira fijamente a Sam
                                                      (CONTINÚA)

                    WILL
          Exacto. Una tercera guerra mundial.

Sam se le cae la taza de café. los agentes miran atónitos

                    WILL (CONT´D)
               (traga saliva)
          Atacarán con misiles nucleares
          nueva york. atacarán el símbolo de
          la libertad

Eider apoya su mano en su frente

                    EIDER
          Lo tienen planeado. Provocar el
          caos, el miedo y a través del miedo
          dominar.?!

                    WILL
          presentándose como los salvadores,
          al caos que ellos mismo provocaron.
          Ellos influyen a cada gobierno del
          mundo desde las sombras, de una
          manera seductora. Los gobiernos
          parecieran tener autonomía propia,
          pero en realidad responden a los
          intereses y ordenes exclusivas de
          la mesa chica.

                    EIDER
          ¡¿Quién es el líder de la mesa
          chica?!

                    WILL
          Se apellida Won

Uno de los agentes le alcanza a Sam otra taza de café.

                    SAM
               (con incertidumbre)
          Los gobiernos serán títeres? ¡¿La
          mesa chica intentará gobernar el
          mundo a través de los gobiernos de
          cada país con el fin de tener el
          control y el poder en todo el
          mundo?!...

                    WILL
               (asiente)
          Hasta lograr que haya un solo
          gobierno en el mundo,
          gobernado por ellos.

                    (MÁS)   (CONTINÚA)

                         WILL (continúa)
          (beat)

          Planean crear una sola economía,
          una sola moneda y hasta su propia
          religión.

Will se agarra las costillas por el dolor. Se limpia
nuevamente la sangre de su rostro.

Podemos ver lo dolorido que está Will y como se queja del
dolor

                    AGENTE
               (interrumpe)
          ¡¿Una religión nueva?!

                    WILL
          No. sería evidente. Algo más
          astuto. La falsearán. Enseñaran
          doctrinas falsas confundiendo a la
          gente. Intentarán ocupar el puesto
          máximo del vaticano, con un papa
          falso y desde ahí generar falsas
          enseñanzas. probablemente haya una
          gran confrontación dogmática entre
          dos papas.

                    SAM
               (elevando la voz)
          Así que tienen todo planeado y
          nosotros somos sus putos actores en
          un mundo guionado por ellos

                    WILL
          Lo vienen planeando hace años. Un
          solo gobierno mundial, dictatorial,
          sin propiedad privada.

Will escupe sangre y se limpia con el brazo

                    EIDER
          ¡¿Y cómo obtuvo el pendrive?!

                    WILL
          Cuando El agente asiático fue
          atropellado, el primero en llegar
          fui yo. lo revisé rápidamente antes
          que llegaran mis compañeros y le
          quité el pendrive.

El interrogatorio termina. A Will se lo llevan del lugar dos
agentes.

Eider y Sam se quedan frente a la computadora analizando toda la información del pendrive.

89   EXT. CAESAREA GOLF CLUB. ISRAEL- DIA

WON se encuentra en el campo de golf.

realiza su tiro.

Podemos escuchar el sonido de una llamada anónima en el teléfono. El caddie le pasa a Won el celular para que atienda.

                    VOZ ANONIMA (OFF)
            (DISTORCIONADA)

    ¡¿Ha conseguido ya mi dinero?!

Won se queda en silencio unos instantes.

                    WON
            ¿Quién habla?!

                    VOZ ANONIMA (OFF)
            (DISTORCIONADA)

    No creo que se haya olvidado de mí.

                    WON
            Necesito más tiempo para poder
            juntar todo el dinero que me pide.
            necesito más tiempo

                    VOZ ANONIMA(OFF)
            (DISTORCIONADA)

    De ninguna manera, o de lo
    contrario sus acciones estarán
    bloquedas para la venta.

                    WON
            ¡¿Como ha dicho?!

                    VOZ ANONIMA (OFF)
            (DISTORCIONADA)

    Sabemos ambos que son miles de
    millones de dólares que representan
    esas acciones. muévase rápido, como
    suele hacerlo.

Won trata de pensar, Mira a su alrededor.

(CONTINÚA)

                         VOZ ANONIMA (OFF) (CONT´D)
          (DISTORCIONADA)
          Por cierto....

               (beat)

          Will está muerto, así que no pierda
          tiempo en buscarme, que justamente
          tiempo no le queda.

          Mañana 20 hs. en Old Train Station

     La llamada se corta.

90   INT. OFICINA CENTRAL. MINUTOS MAS TARDE

     Eider corta la llamada. Se lo puede ver a SAM frente a ella.

     Ambos sentados en un escritorio

                         EIDER
          Nunca supo que su propio guardia
          era el que lo chantajeaba.

                         SAM
          ¡¿Segura de lo que has hecho?!

                         EIDER
          Lo que admite Will que se produjo a
          nivel mundial con la pandemia, fue
          un efecto colateral.

     SAM toma un vaso de licor

                         EIDER(CONT´D)
          Las muertes pandémicas fueron cosas
          secundarias. Lo principal que han
          querido lograr es generar una
          recesión económica en EEUU. La
          masiva impresión de dólares para
          enfrentar la crisis pandémica es un
          ejemplo de esto.

               (beat)

          ¡¿Te puedes imaginar el caos
          económico que puede surgir al estar
          interconectadas las economías del
          mundo dependientes del dólar?!

                         SAM
          Una guerra comercial feroz

                         EIDER
          Si su objetivo es un nuevo orden
          mundial, o un ascenso nuevo de
          poder hegemónico, la falta de
          financiamiento ante una economía en
          recesión en caso de guerra, puede
          ser fatal.

SAM respira hondo y recuesta el cuerpo sobre su asiento.

                         EIDER(CONT´D)
          Los países dueños de la hegemonía
          mundial, en su ascenso comienzan
          con un periodo largo de
          prosperidad, pero por la misma
          estructura del sistema conlleva a
          una burbuja de deuda. Para
          solucionar esto se pasa a imprimir
          dinero y crédito.

                         SAM
          Esta inestabilidad puede provocar
          guerras o revoluciones. ¡¿Verdad?!

Eider asiente con la cabeza.

                         EIDER
          Y una restructuración de la deuda y
          política generando el ascenso de un
          nuevo eje hegemónico mundial

                         SAM
          Y en estos momentos estamos en la
          etapa de grandes excesos de gastos
          y deudas.

                         EIDER
          Estamos en un punto de inflexión.
          Si sube la inflación, sube la tasa
          de interés y las empresas que no
          tengan flujos de capital y además
          no lo puedan generar, tendrán que
          pedir créditos o emitir acciones
          nuevas. Esto puede afectar el costo
          de la acción.

          (beat)

          Si hay una inflación alta la
          reserva federal intervendrá el
                    (MÁS)   (CONTINÚA)

                        EIDER (continúa)
          mercado subiendo las tasas de
          interés, controlando la demanda y
          podría detener la inflación. pero
          los precios de las acciones caerán.

                        SAM
          Inflación alta. tasa interés alta.
          acciones bajan. ¿Entendí bien?

Eider agarra la carpeta arriba del escritorio y la abre
mostrándola a Sam

                        EIDER
          Por eso decidí analizar la cartera
          accionaria de Won, está vendiendo
          las acciones ahora que son altas,
          porque sabe que en un futuro y no
          muy lejano bajaran.

                        SAM
          Eres brillante, realmente eres
          brillante. Lo
          tenemos..está obligado a negociar
          con nosotros.

91   EXT. AEROPUERTO TEL AVIV-DIA

        Llega el avión en el que viajan SAM y EIDER.

92   EXT. OLD TRAIN STATION-NOCHE

        WON llega con sus hombres de seguridad a la old train
        station a la hora señalada.

        Camina entre las mesas del restaurant que hay fuera. Podemos
        ver que no hay mucha gente en el exterior y alrededores

93   INT. OLD TRAIN STATION.MINUTOS MAS TARDE

        WON ingresa con sus hombres a la vieja estación. hay muy
        poca luz. También hay muy poca gente dentro.

        Podemos ver a Won caminado rodeado de sus hombres, cuando de
        repente uno de ellos abre fuego y dispara contra dos de sus
        compañeros de seguridad, matándolos al instante.
        traicionándolo.

        Podemos ver que ese hombre infiltrado es BURACK.

                                                    (CONTINÚA)

SAM escondido dentro de la estación, abre fuego hiriendo al tercer custodio de WON

Burack toma a WON por el cuello con el brazo y con la otra mano le apunta con el arma.

La poca gente presente huye corriendo. Los agentes de seguridad de Won que se encuentran afuera custodiando las proximidades ingresan abriendo fuego.

Se produce un tiroteo entre las partes.

Sam comienzan a dispararles junto con EIDER. Burack se dirige a la camioneta partner negra.

Burack pone a WON delante de él y lo usa de escudo humano mientras lo apunta con el arma.

Tanto EIDER como SAM continúan disparando mientras se dirigen también a la partner negra

Los 4 logran subirse. La camioneta se cierra.

Los disparos con la camioneta partner no cesan, pero igualmente es inútil. La camioneta logra escapar.

94   INT. FABRICA ABANDONADA NOCHE

El lugar está todo oscuro. No podemos observar absolutamente nada, solo escuchamos una VOZ TEMEROSA, ASUSTADA

                    WON
          No me maten...por favor

Se escuchan PASOS y el caminar muy sigilosamente.

Se enciende una luz que alumbra tenuemente el lugar. Es SAM

Vemos a WON sentado en el piso apoyado contra la pared.

Alrededor de Won, se encuentran, LA MUJER DE TACOS, BURACK, EIDER, HOMBRE DE TRAJE CASEMIR y EL JEFE.

Sam pasa en medio de ellos y se acerca a Won y lo toma de la garganta.

                    SAM
          ¡¿Que no te mate?!

Sam aprieta con más fuerza su garganta

                                            (CONTINÚA)

                         SAM (CONT´D)
          ¡¿Estoy equivocado o eres tú el que
          piensa provocar una gran guerra?!

Sam suelta su mano de la garganta para darle golpes en el
rostro de Won

                         SAM (CONT´D)
          Muy valiente involucrando al mundo
          entero, ejércitos y tú de traje en
          la oficina.... y ahora pides
          clemencia.

Won se toma la cara. Se limpia la sangre. deja apoyada su
mano tomándose el ojo izquierdo por el dolor y observando
por el otro. Empieza a reír como si fuera loco.

                         WON
          Durante la guerra fría, la ONU y
          otras organizaciones jugaron un rol
          fundamental para evitar males
          mayores.

Los presenten observan atentamente.

                         EL JEFE
          Hoy no existe nada parecido

                         WON
          Te equivocas.

Won no comenta más nada. respira hondo. Mira para arriba.

Sam le vuelve a tomar la garganta.

                         WON (CONT´D)
          (con dificultad al hablar)

          El vaticano puede asumir ese
          trabajo.

Sam suelta su garganta y golpea su cara. Won se vuelve a
tomar la cara cubriéndose el ojo por el dolor y observando
por el otro

                         EIDER
          ¡¿Y Por eso te has querido
          infiltrar en el vaticano?!

Won no responde.

Sam le arranca la falange del dedo meñique.

Won grita horriblemente de dolor.

                                              (CONTINÚA)

                        EL JEFE
                   Responde!!

                        WON
                   ¡¡¿A cuántos desastres durante la
                   historia han llevado las recesiones
                   económicas?!, o las enfermedades?!
                   como cambiar de hegemonía mundial
                   si el rival no es tecnológicamente
                   superior. ¡¿Como sería posible sin
                   primero atacar con guerras
                   comerciales, financieras,
                   ambientales?!....

                        EL JEFE
                        (interrumpe)
                   claro, y por su puesto su favorita,
                   imagino... la tecnológica

El jefe hace una brave pausa y continua.

                        EL JEFE(CONT´D)
                   ¡¿Por qué?!porque tanto
                   criptodinero invertido en acciones
                   de inteligencia artificial?!

Won está perdiendo sangre. Se pone a reír

                        WON
                   Las criptomonedas...

Won escupe sangre.

Muestras sus dientes ensangrentados con su risa maléfica

                        WON(CONT´D)
                   ¡¿Quién te crees que invento la
                   moneda virtual más importante para
                   que tuvieran tanta aceptación en el
                   mundo entero?! en serio piensas que
                   fue un solo hombre anónimo?!

Won se pone a reír a los gritos.

                        WON (CONT´D)
                   Idiotas

Sam vuelve a tomar su garganta con la mano.

Vemos como Won se encuentra con dificultad para poder
respirar y hablar ante el estrangulamiento de Sam

                                                    (CONTINÚA)

                         WON (CONT´D)
                    (con dificultad)
               Pero adivina cual de todas las
               criptomonedas que existen será la
               que utilicemos como única moneda
               mundial?!

                         SAM
               ¡!Estas loco!!

Sam suelta su mano de su garganta.

WON tose, ríe...ríe más fuerte

                         WON
               Hasta puede ser que utilicemos I.A
               con chips implementados debajo de
               la piel humana como mecanismo de
               pago. en la frente quizá?! en la
               mano?! donde te gusta más?!

Sam saca su pistola y la coloca dentro de la boca de Won

                         SAM
               Porque has invertido tanto dinero
               en I.A.

a Won se le dificulta hablar con la pistola en la boca. Sam
decide quitársela

                         WON
               Quien lidere la I.A. gobernará el
               mundo.

                         MUJER DE TACOS
               Sr WON, la I.A. ha logrado avances
               en el bienestar cotidiano de la
               población.

                    (beat)

               Pero no permitiremos, el despliegue
               de mecanismos avanzados para
               control social.

                         WON
               ¡¿No lo permitirán?!

Won ríe alocado nuevamente

                         WON(CONT´D)
               Las compañías más gigantes del
               mundo de internet han desarrollo ya
                    (MÁS)   (CONTINÚA)

                    WON(CONT´D) (continúa)
          la inteligencia artificial sin
          supervisión.
                 (beat)
          ¡¿No lo permitirán?!...

Won ríe otra vez a los gritos. Sam apunta con su arma en la
cabeza

                    WON (CONT´D)
               (con dificultad para hablar)
          ¡Idiota, mátame! acaso sabes cómo
          se desarrollará todo esto?!

SAM mira fijamente los ojos de WON

                    WON (CONT´D)
          Te has preguntado qué pasaría si no
          hay electricidad en el mundo...

Los presentes hacen silencio y miran atentamente e
incrédulos

Won tose y escupe sangre.

                    WON (CONT´D)
          Si no hay internet para la
          comunicación o combustible para
          abastecer el suministro o GPS para
          manejar los drones militares

            (beat)
          El mundo no estaba preparado para
          una pandemia, y tampoco lo está
          para estar sin electricidad. Va a
          haber miedo, ¿verdad?!

won ríe nuevamente y mira a Sam desafiante

                    WON (CONT´D)
          El plan ya está diseñado, ¿crees
          que matándome detendrás algo? otros
          lo llevarán a cabo en mi ausencia

Sam coloca nuevamente su pistola en la boca

                    SAM
          ¡¿Otros?! Envía saludos de mi parte

Mientras observamos únicamente la cara de Sam podemos
escuchar el ruido de un disparo.

Sam queda quieto por unos instantes.

                                            (CONTINÚA)

                    SAM
          ¡Oh, mierda!

Sam se toma la pierna y cae al suelo.

Podemos ver que Won lleva escondida un arma

Al ver esto, Burack se encuentra al costado de Won, sin
dudar dispara rápidamente matándolo con un disparo en la
sien.

El hombre de traje casimir y Eider se acercan a asistir a
Sam

                    HOMBRE TRAJE CASIMIR
          ¡¿Sam, te encuentras bien?!

                    SAM
          si, Salvo que este mal nacido me
          dio un disparo en la pierna

                    HOMBRE TRAJE CASIMIR
          oh Si, estás sangrando

                    SAM
          Llévenme con Nené. Rápido

                    HOMBRE TRAJE CASIMIR
          Nené..... quien es Nené?!

                    SAM
          El doctor, idiota

Eider y el hombre de traje casimir, ayudan a SAM

                    EIDER
          Tranquilo, tranquilo, ¡no te
          quejes... así está muy bien!

Sam grita de dolor al incorporarse. empieza a caminar
gracias con la ayuda del hombre de traje casimir y Eider. Se
dirigen a la salida.

El jefe se acerca a Won y constata que este muerto.

Burack coloca su pistola en la mano de Won y agarra la que
este tenía. Vemos como intercambia las pistolas.

                                        FADE OUT

95   INT. BAR . NOCHE

        CIUDAD DE ROMA - DIEZ DIAS DESPUÉS

        Podemos ver dentro del bar a un mozo que se acerca a la
        barra a buscar una bandeja con 2 café.

        Frente al mozo, hay una Transmisión en la televisión de un
        show periodístico

                        CONDUCTOR DEL SHOW EN LA TV
                   Aún se sigue investigando la muerte
                   del multimillonario Won.

        El mozo agarra la bandeja para entregar el pedido. Podemos
        ver su recorrido hasta salir del bar

                   La dificultad que él ha tenido con
                   sus acciones, desencadeno con el
                   fatídico final

96   EXT .BAR. MINUTOS DESPUÉS

        Podemos ver al MOZO llevar la bandeja entre las mesas en el
        exterior del bar en la calle

                        CONDUCTOR DEL SHOW EN LA TV
        (OFF) (CONT´D)
                   Según fuentes policiales, decidió
                   quitarse la vida con un tiro en la
                   sien.

        BURACK y EIDER están en este bar.

        El bar está próximo al vaticano y de fondo se puede ver su
        cúpula.

        El mozo deja el pedido en la mesa de al lado de Burack y
        Eider

        Eider lee un fragmento del artículo del diario.

                        EIDER
                   ¡¿Quién era el millonario casi
                   totalmente desconocido en el
                   ambiente?!

        Dobla el diario y lo coloca en la mesa a un costado

        Vemos como Burack observa a lo lejos la mesa donde se
        encuentra ANÁS.

                                              (CONTINÚA)

Anás se levanta de la mesa y se dirige a un auto negro donde
el chofer lo está esperando

                    BURACK
          (manteniendo la vista en Anás)

          Quieren controlarlo todo,
          intentando hacer perder nuestra
          libertad de a poco y sin darnos
          cuenta

Eider y Burack se ponen de pie y empiezan a caminar entre la
gente y las mesas del lugar.

                    BURACK
          Pero esto no se termina acá. van a
          continuar...

Suena el tema de Matellica- Don't Tread On Me

Eider y Burack se acercan a la moto que se encuentra próxima
al lugar donde estaban sentados.

Ambos se suben a la moto y arrancan para seguir el auto
donde se encuentra Anás

Vamos viendo como la moto se va perdiendo entre el gentío,
al mismo tiempo que vemos aparecer la cúpula del vaticano.

                                        CUT TO

Titles over black: Seneca le dijo a Nerón: Tu poder radica
en mi miedo. pero si yo no tengo miedo, tú ya no tienes
poder.

          THE END